뭔가 유치하지만 매우 자연스러운

Something Childish But Very Natural

캐서린 맨스필드(1888~1923)

캐서린 맨스필드
박소현 옮김

뭔가 유치하지만 매우 자연스러운

Something Childish But Very Natural

누군가 작은 새 한 마리에게 물었다.

"왜 너의 노래는 그렇게 짤막하니?"

새는 대답했다.

"나한테는 부를 노래가 많거든. 그것들을 모두 부르고 싶어서 그래."

—안톤 체호프

H. M. 톰린슨에게

일러두기

캐서린 맨스필드가 1924년에 발표한 단편집 *SOMETHING CHILDISH, AND OTHER STORIES*에 수록된 총 스물다섯 편의 작품 중 일부를 골라 엮었다. 이 책에서는 표제작인 「뭔가 유치하지만 매우 자연스러운」을 필두로 총 열세 편의 단편을 실었다.

차례

뭔가 유치하지만 매우 자연스러운[1]

원래 그게 어떤 느낌이었는지를 잊어버리고 말았는지, 아니면 지난여름 이후 그의 머리가 정말 물리적으로 커졌는지, 헨리는 확실히 단정할 수 없었다. 그러나 밀짚모자는 그를 아프게 했다. 모자는 그의 이마를 꼬집듯이 꽉 조이며 양쪽 관자놀이 바로 위에 있는 두 뼈를 둔중하고 고통스럽게 짓누르기 시작했다. 그래서 그는 삼등칸의 '흡연석' 구석 자리에 앉아, 모자를 벗어서 선반 위에 올려 두었다. 그의 커다란 검은색 판지 서류 가방, B 이모가 크리스마스 선물로 준 장갑과 함께. 삼등칸 전체에서는 축축한 천연고무와 그을음 냄새가 끔찍하게 진동했다. 기차가 떠나기 전까지 십 분간 시간을 보내야 했으므로 헨리는 책을 파는 매점이나 한번 둘러보자고 마음을 먹었다. 푸른색과 금색의 긴 햇살이 역사의 유리 지붕을 재빠르게 훑으며 지나갔다. 어린 남자아이 하나가 프림로즈 한

1 "Something Childish But Very Natural." 1800년에 새뮤얼 테일러 콜리지(Samuel Taylor Coleridge)가 발표한 시에서 따온 제목이다.

통을 들고 위아래로 뛰어다녔다. 사람들의 분위기가 남달랐다. — 특히나 여자들의 분위기가 — 뭔가 나른한 듯하면서도 열정적인 느낌이었다. 한 해 중 가장 설레는 봄의 첫날이, 심지어 런던 사람들의 눈앞에도 그 따스하고 감미로운 아름다움을 드러냈던 것이다. 그것은 모든 색채마다 반짝이는 스팽글 조각을 덧붙이는 듯했고 들려오는 모든 목소리마다 새로운 음색을 더했다. 도시 사람들은 그들 옷 아래로 저마다 진정으로 살아 움직이는 몸을 지녔고, 그 안에서 진짜 생동하는 심장이 빽빽한 혈액을 부지런히 펌프질해서 내보내고 있기라도 한 듯 생동감 있게 걸어 다녔다.

헨리는 책을 좋아하는 사람이었다. 그리 많은 책을 읽지도 않았고, 소장하고 있는 책도 예닐곱 권 정도에 그쳤지만. 그는 점심시간에 채링크로스 로드(Charing Cross Road)[2]를 거닐면서, 그리고 런던에서 생활하며 틈틈이 자투리 시간이 생길 때마다 그 모든 책을 살펴봤다. 그가 펼쳐 들고서 연신 고개를 끄덕이던 책들의 수량은 놀라운 수준이었다. 그가 깔끔하고 세련되게 책들을 다루는 방식이나 한두 명의 책방 주인들과 책의 내용에 관한 얘기를 나누며 신중하게 선택한 멋진 문구들을 들어 본다면, 아마도 그가 유모의 품 안에서 놀던 시절부터 이유식 대신 두꺼운 책을 양식 삼아 자라나지 않았을까 하는 생각이 들 것이다. 하지만 그것은 꽤 틀린 말이다. 그것은 헨리가 무엇이든 만지거나 말할 때 사용하는, 그저 고유한 태도였을 뿐이기 때문이다. 그날 그의 손길이 닿은 책은 영시 문집이었고, 그는 페이지를 훌훌 넘기다가 시선을 끄는 제

2 일반 및 중고 서점이 즐비하기로 유명한 런던 중심가의 거리.

목을 하나 발견했다. — 유치하지만 매우 자연스러운 것.

작은 날개 두 쪽이 내게 있었다면[3]
깃털 보송한 작은 새 한 마리였다면
나는 그대에게 날아가리, 내 사랑
하지만 이런 생각은 그저 부질없는 것들이니
나는 여기 머물러 있어요.

하지만 내 꿈속에서 그대에게 나 날아가고
내 꿈속에서 나는 그대와 항상 함께하니
이 세계가 모두 하나의 뜻이라
그러나 잠이 깨고 나면 나는 어디에 있는가?
단지 홀로 남겨질 뿐이죠.

천금을 주어도 잠은 머무르지 않으니
나는 먼동이 틀 때 깨는 게 좋아요
그러면 내 잠은 떠나 버렸을지언정
아직 걷히지 않은 어스름 속에서 눈꺼풀을 닫고
계속, 꿈을 꿀 수 있으니까요.

그는 이 짤막한 시에서 헤어 나올 수 없을 지경이었다. 하나하나의 단어들뿐만 아니라 이 시의 분위기 전체가 그를 완전히 매료시켰다! 마치 그 자신이 아침 일찍 잠에서 깨어나

3 콜리지의 시 원문에서는 "If I had but two……."로 시작하지만 인용한 부분에서는 "Had I but two……."로 다르게 표기하였다.

침대에 누운 채로 직접 이 시를 썼고, 천장에 비쳐 든 햇빛이 춤추듯 일렁이는 광경을 멍하니 바라보고 있었던 듯한 심정이었다. '그럴 때 정말 잔잔한 기분이 들지.' 헨리는 생각했다. '이 시인도 잠에서 완전히 깨어나지 않은 채, 반쯤은 여전히 잠에 취해 있을 때 이 시를 쓴 게 분명해. 꿈이 짓는 미소 한 자락이 이 시에 드리워져 있거든.'

그는 시를 뚫어지게 쳐다보고 나서 시선을 돌리고 암송해 보았다. 3연에서 단어 하나를 빠뜨렸고 다시 시를 쳐다보았다. 그러고는 다시 시도하다가 문득 주변에서 울려 퍼지는 고함 소리와 바삐 움직이는 발걸음을 인식했고, 그는 고개를 들어 천천히 굴러가는 기차를 발견했다.

'이런, 하나님 맙소사!' 헨리는 앞쪽으로 튕기듯 달려 나갔다. 깃발과 호루라기를 든 남자가 문간에 서서 손을 내밀고 있었다. 그는 어떻게든 헨리를 붙잡아 끌어올렸고……. 헨리는 쾅 닫히는 문을 뒤로하고 객차 내부로 들어왔다. 그곳은 '흡연석'이 있는 삼등칸 객차가 아니었고, 그의 밀짚모자 또는 검정 서류 가방, B 이모가 크리스마스 선물로 주신 장갑의 흔적은 전혀 보이지 않았다. 그 대신, 맞은편 구석 자리, 벽면 가까운 곳에 젊은 여자 하나가 앉아 있었다. 헨리는 감히 그녀를 마주 쳐다볼 용기를 내지 못했지만, 그 여성이 자신을 빤히 쳐다보고 있음은 확실히 느꼈다. '분명히 저 여자는 내가 미친 사람 같다고 생각하겠지.' 그는 생각했다. '모자도 쓰지 않은 차림으로 기차에 급히 뛰어들다니, 그것도 이렇게 저녁 시간에 말이야.' 그는 너무나 우스운 기분이 들었다. 어떤 자세로 앉아야 할지 혹은 어떻게 다리를 벌려야 할지가 어색하기 짝이 없었다. 그는 주머니에 손을 찔러 넣은 채로 무심하게 보이려고 애쓰며, 괜스레 눈살을 찌푸리고 객차 내에 걸린 볼턴 애비(Bolton Abbey)의 거대한 풍경 사진을 쳐다봤다. 하지만 자신에게 와닿는 그녀의 시선을 느끼며 그는 아주 미세하게 눈길을 주었다. 그녀는 잽싸게 창밖으로 시선을 거뒀다. 그러고 나자 헨리는 그녀의 경미한 움직임을 주의 깊게 받아들이며 계속 그 여성을 관찰해 나갔다. 그녀는 창문 아래 바짝 붙은 채 앉아 있었고, 여성의 뺨과 어깨는 길고 구불구불한 금잔화빛 머리카락 아래 반쯤 가려져 있었다. 회색 면장갑을 낀 작은 손 하나가 무릎에 놓인 가죽 가방을 붙잡고 있었는데, 그 가방에는 'E. M.'이라는 머리글자가 새겨져 있었다. 그녀는 다른 쪽 손을 창틀 사이에 내려 두었으며, 헨리는 그녀가 손목에 낀 은팔찌에 스위스 소 방울, 은 구두, 물고기 모양의 장식품이 매달려 있는 모습을 봤다. 또 그녀는 초록색 코트를 입고 화환으로 장식한 모자를 쓰고 있었다. 헨리가 이 모든 것을 바라보는 내내 그의 머릿속에서는 조금 전 읽었던 낯선 시의 제목이 집요하게 메아리쳤다. — 유치하지만 매우 자연스러운 것. '런던에서 어디 학교라도 다니는 사람인가.' 헨리는 생각했다. '직장에 다니는지도 몰라. 아, 아니야. 그러기엔 너무 어려 보이는데. 그리고 만약 직장인이라면 머리를 위로 틀어 올렸겠지. 저렇게 등 뒤로 길게 늘어뜨리지 않았을 거야.' 그는 아름답게 물결치는 머리카락에서 눈을 뗄 수가 없었다. '"내 눈동자는 마치 한 쌍의 취한 꿀벌 같구나……." 이거 내가 어디서 읽은 문구였나, 아니면 나도 모르게 방금 지어낸 글귀일까?'

그 순간에 그녀가 고개를 돌렸고, 헨리의 시선과 마주치자 얼굴을 붉혔다. 그녀는 뺨에 흐르는 붉은빛을 감추려고 고개를 푹 숙였고, 헨리 역시 지독히도 부끄러워져서 얼굴을 붉히고 말았다. '나는 말을 건네야 해, — 말을 — 말을 붙여야 한다고!' 그는 모자를 들어 인사를 하고자 손을 위로 올렸으나, 이내 들어 올릴 모자가 없다는 사실을 깨달았다. 그는 오히려 웃기다고 생각했고 문득 자신감이 생겼다.

"저기 — 정말 죄송합니다." 그는 그 여자가 쓴 모자를 향해 미소 지으며 말했다. "하지만 이렇게 같은 객차를 타게 되었는데……. 조금 전의 제가 왜 그리 급하게 뛰어 들어왔는지, 심지어 왜 모자도 없는 상태인지, 말씀드리지 않고 묵묵히 있는 게 어색해서요. 분명히 저 때문에 불편하셨겠죠. 그리고 지금까지 제가 당신을 빤히 쳐다보고 있었으니까요. — 하지만 그건 끔찍하게도 제 탓이에요. 저는 정말 사람을 넋 놓고 쳐다보는 나쁜 습관이 있거든요! 만약 제가 설명해 드리는 걸 허락해 주신다면, 제가 어떻게 이 객차 안에 들어왔는지 — 빤히 쳐다본 부분 말고요, 물론." — 그는 살짝 웃음을 터뜨렸다. — "설명을 드리고 싶습니다."

잠시 동안 그녀는 아무 말도 하지 않았다. 이윽고 낮고 수줍어하는 목소리가 들렸다. — "괜찮아요."

기차는 다양한 지붕과 굴뚝 사이를 가로질러 내달렸다. 그들은 도심에서 벗어난 교외로 접어들고 있었다. 조그만 검은 숲들과 빛바래 가는 들판들과 살굿빛 저녁 하늘 아래 반짝이는 물웅덩이들을 지나치면서. 헨리의 심장은 크게 뛰기 시작했고, 기차가 빚어내는 박자에 맞춰 고동쳤다. 그는 그런 식으로 자신을 내버려 둘 수 없었다. 그녀는 그토록 고요히, 풍성하게 쏟아져 내리는 머리카락 아래 숨은 채로 자리에 앉아 있었다. 헨리는 그녀가 고개를 들어 자신을 바라보며, 자기 마음을 이해해 주기를 간절히 소망했다. — 최소한 자신을 이해해 주어야 한다는 점만큼은 당연했다. 그 남자는 몸을 앞으로 내민 채 자신의 무릎을 손으로 꽉 쥐었다.

"그러니까 전 제 소지품들을 모두 — 제 가방 안에 — 두고 내렸거든요. 삼등칸 '흡연석'에요. 그러고는 가판대의 책을 둘러보고 있었어요." 그는 설명했다.

그가 이야기하는 동안 그녀는 수그리고 있던 머리를 들었다. 그는 그 여자가 쓰고 있던 모자 그늘 아래, 그녀의 회색 눈동자를 보았다. 그녀 눈썹은 한 쌍의 금빛 깃털 같았고 입술은 희미하게 벌어져 있었다. 거의 무의식적으로 그는 그 여자가 연한 노란빛 프림로즈 장식을 한 옷을 입고 있다는 사실과 목덜미가 눈부신 흰빛이라는 점을 흡수하듯이 깨달았다. — 불타는 듯한 색깔의 머리카락 아래, 그녀의 얼굴형은 참으로 멋스럽고 우아한 모습이었다. '정말 아름다운 사람이야! 한마디로 이 얼마나 아름다운 사람인가!' 헨리의 심장은 노래하듯이 뛰놀았고, 그의 생각을 이루는 말들과 함께 부풀어 올라서 더 크게, 경탄스럽도록 거대해진 비눗방울처럼 떨렸다. — 그래서 그는 그 무지갯빛 거품이 터질까 봐 숨을 크게 쉬는 일조차 두려웠다.

"가방 안에 값나가는 게 없었다면 다행일 텐데요." 그녀가 매우 심각한 목소리로 말했다.

"아, 그냥 제가 사무실에서 그리다 만 시시한 그림 몇 점뿐이었죠." 헨리가 대수롭지 않게 대답했다. "그리고 — 모자는 잃어버려서 차라리 기쁘답니다. 그것 때문에 종일 머리가 아팠거든요."

"그래요." 그녀가 말했다. "자국이 남았네요." 그리고 그녀는 보일 듯 말 듯 희미한 미소를 지었다.

도대체 왜 그 말들이, 헨리를 그토록 갑자기 자유롭고 행복하고 또 미칠 듯이 흥분하게 했을까? 그들 사이에서 어떤 일이 일어나고 있었단 말인가? 그들은 아무런 말도 하지 않았지만, 헨리에게 그 침묵은 생동감 넘치고 따스하기 이를 데 없었다. 머리부터 발끝까지 떨려 오는 물결이 그를 뒤덮었다. 그녀의 그 멋진 말, '자국이 남았네요.'라는 말은 어떤 신비한 방식으로 그들 사이의 유대감을 굳건하게 해 주었다. 이토록 간결하면서 자연스럽고 편하게 말을 건넬 수 있다면, 그들은 더 이상 서로에게 전혀 낯선 사람들이라 할 수 없었다. 그리고 이제 그 여자는 정말 눈에 띄게 환한 미소를 짓고 있었다. 그 미소는 그녀의 눈 안에서 춤을 추고, 뺨을 지나 입술로 흘러 내려와서는 거기에 머물렀다. 그는 몸을 뒤로 젖혔다. 그 안에서 저도 모르게 말이 샘솟듯 솟구쳤다. —"삶이란 정말 멋지지 않나요!"

바로 그 순간에 기차가 터널 속으로 질주해 들어갔다. 그는 그녀가 소음에 맞서 한껏 높인 목소리를 들었다. 그 여자가 몸을 앞쪽으로 기울였다.

"전 그렇게 생각하지 않아요. 하지만 그러고 보니 저는 꽤 오랫동안 운명론자였던 것 같아요." — 그녀는 잠시 뜸을 들였다 — "몇 달 동안이나요."

그들은 어둠 속에서 울려 퍼지는 굉음을 듣고 있었다. "왜요?" 헨리가 물었다.

"아, 그건……."

그러고 나서 그녀는 어깨를 들썩이고, 미소를 짓더니 고개를 저었다. 소음이 너무 커서 말을 잇지 못하겠다는 의미였다. 헨리는 고개를 끄덕이고 다시 뒤로 몸을 뺐다. 그들은 터널에서 빠져나온 뒤 명멸하는 빛 아래 번쩍이며 스쳐 가는 집들을 마주했다. 그는 그녀의 설명을 기다렸다. 하지만 그녀는 자리에서 일어나 코트 단추를 채우더니, 몸을 조금 기우뚱하며 모자로 손을 가져갔다. "저는 여기서 내려요." 그 여자가 말했다. 헨리는 그 사실을 정말 받아들이기 힘들었다.

기차가 속도를 낮췄고 바깥 불빛들은 더 밝아졌다. 그녀는 헨리를 지나쳐 객차 끝으로 움직였다.

"잠깐만요!" 헨리는 말을 더듬었다. "제가 당신을 다시 만날 수 있을까요?" 그도 자리에서 일어나 한쪽 손으로 받침대를 잡고 몸을 내밀었다. "저는 당신을 꼭 다시 만나야 해요." 기차는 천천히 정지했다.

그녀는 숨도 쉬지 않고 말했다. "저는 매일 저녁마다 런던에서 퇴근해요."

"아 — 그러 — 그러세요 — 정말요?" 그의 적극적인 모습이 여자를 움츠러들게 했다. 그는 이내 재빠른 자제력을 발휘했다. 지금 우리가 악수를 해야 할까, 아니면 말아야 할까? 의문이 그의 뇌를 타고 달렸다. 한쪽 손은 문손잡이에, 다른 쪽 손은 작은 가방을 쥐고 있는 상태였다. 기차가 완전히 멈췄다. 다른 말 한마디나 시선도 없이 그녀는 사라지고 없었다.

* * *

이윽고 토요일이 왔다. — 반나절만 근무하는 날 — 그러고는 일요일이 됐으니까, 하루가 더 끼어든 셈이다. 월요일 저녁이 되자 헨리는 꽤 지쳐 버린 상태였다. 그는 지나치게 일찍부터 역에 나가 있었다. 바보 같은 생각 한 다발이 그의 발꿈치로 한꺼번에 몰려든 듯 그를 들었다 놨다 하는 바람에 내내 까치발을 딛고 섰다. '그 사람은 이 기차로 온다고 말하지는 않았잖아!' '그리고 내가 너무 들이댄다고 느껴서 날 의도적으로 끊어 냈는지도 몰라.' '누군가 만나는 사람이 있을지도.' '왜 그 사람이 널 조금이라도 다시 떠올렸으리라고 믿는 거냐?' '만약 이러다 진짜 만나기라도 하면 뭐라고 할 건데?' 그는 심지어 기도까지 올렸다. '주님, 만약 이것이 당신의 뜻이라면, 우리를 만나게 해 주소서.'

하지만 아무것도 도움이 되지 않았다. 하얀 연기가 역사 천장을 향하여 뭉게뭉게 솟아올랐다가 — 천천히 흩어져 너울거리는 화환처럼 아래로 떨어져 내렸다. 혼란스럽고 어수선하게 움직이는 군중 위로 그토록 섬세하면서도 고요하게, 신비로운 우아함을 띠고 움직여 가는 연기의 모습을 바라보고 있노라니 그는 갑자기 침착해졌다. 그는 매우 피로함을 느꼈다. — 그저 자리에 앉아 두 눈을 감고 싶을 뿐이었다. — 그 사람은 오지 않아. — 그 말들 사이로 허망한 안도감이 숨 쉬듯 뿜어져 나왔다. 그러고 나서 그는 자신과 꽤 가까운 거리에서, 그때와 똑같은 조그만 가죽 가방을 손에 든 채 기차로 향하는 그 여자를 보았다. 헨리는 기다렸다. 그는 어떻게 된 일인지는 몰라도, 그 사람이 자신을 이미 봤음을 알았다. 그러나 그녀가 자신에게로 가까이 다가와서 낮고 수줍은 목소리로 말을 걸 때까지 움직이지 않고 그대로 있었다. — "그 물건들을 다시 찾으셨군요?"

"아, 네, 고마워요. 다시 찾았어요." 그리고 엉거주춤한 동작으로 헨리는 그녀에게 자신의 서류 가방과 장갑을 보여 주었다. 그들은 기차까지 나란히 걸어서 텅 빈 객차 안으로 함께 들어갔다. 기차는 천천히 움직이기 시작했고, 조금씩 붙어 가는 속도를 평탄하게 유지하는 동안, 그들은 각각 맞은편에 자리를 잡고 앉아서 서로에게 소심한 미소를 지어 보이면서도 차마 말은 꺼내지 못했다. 결국 헨리가 먼저 입을 열었다.

"정말 우습네요." 그는 말했다. "아직 당신의 이름을 모르고 있다는 게." 그녀는 어깨로 떨어져 내린 머리카락 한 뭉치를 다시 뒤로 넘겼다. 헨리는 회색 장갑을 낀 그녀 손이 어찌나 떨리는지를 바라봤다. 그러고 나서 그녀가 양 무릎을 바짝 붙인 채로 굉장히 뻣뻣하게 앉아 있다는 사실을 눈치챘다. — 그리고 헨리 자신도 그렇게 앉아 있음을 — 둘 다 몸이 마구 떨리는 것을 억누르고자 노력하고 있었다. 그가 말했다. "제 이름은 에드나예요."

"저는 헨리입니다."

잠시 침묵하는 동안 그들은 서로의 이름을 마음속으로 소유해 보며 그것을 이리저리 뒤집어 보고는 곱게 간직했다. 그러고 나니 그 빛깔이 한결 덜 두렵게 느껴졌다.

"이제 저는 또 다른 걸 여쭤보고 싶은데요." 헨리가 말했다. 그는 고개를 살짝 한쪽으로 기울이며 에드나를 쳐다봤다. "나이가 어떻게 되시죠?"

"열여섯 살 생일이 지났어요." 그녀가 말했다. "당신 나이는요?"

"저는 거의 열여덟 살이 다 돼 가요……."

"너무 덥지 않아요?" 그녀는 갑자기 말을 내뱉더니 회색 장갑을 벗어 들고, 양 뺨을 손으로 짚은 채 그대로 있었다. 그들 눈동자는 겁에 질려 있지 않았다. — 그들은 일종의 절박함에 가까운 침착한 감정으로 서로를 바라봤다. 그들 몸뚱이가 그렇게 바보처럼 막무가내로 떨리지만 않았어도! 드리운 머리카락 아래로 여전히 반쯤은 얼굴을 숨긴 채, 에드나가 말했다.

"사랑에 빠져 본 적 있으세요?"

"아뇨, 한 번도요! 당신은요?"

"아, 지금까지 살면서 한 번도 없었어요." 여자는 고개를 저었다. "그게 가능하리라고 생각조차 안 했어요."

남자의 다음 말은 장황하게, 서두르듯 튀어나왔다. "지난 금요일 저녁 이후에 뭐 하셨어요? 토요일이랑 일요일이랑 오늘은 뭘 하면서 지내셨고요?"

하지만 그녀는 대답하지 않았다. — 그저 머리를 가로저으며 미소 짓고 이렇게 말할 뿐이었다. "아뇨, 당신이 저한테 말해 주세요."

"제가요?" 헨리가 비명을 지르듯 외쳤다. — 그러고 나서 그는 자신도 그런 얘기를 그 여자에게 들려줄 수 없음을 깨달았다. 그는 며칠간의 험준한 산더미 같은 시간을 돌이켜 오를 수가 없었다. 그래서 그 역시 고개를 설레설레 저을 수밖에 없었다.

"정말 너무 힘들었어요." 헨리는 환하게 웃으며 말했다. — "완전한 고난이었다고요." 그때 여자는 제 뺨에 대고 있던 손을 내리고 웃음을 터뜨리기 시작했다. 그리고 헨리 역시 그녀와 함께 소리 내어 웃었다. 그들은 지칠 때까지 깔깔대고 웃었다.

"그게 참 — 너무 특별하고 이상한 거예요." 여자가 말했다. "너무 갑자기, 그렇잖아요. 그리고 당신은 꼭 제가 수년 동안이나 알고 지낸 사람처럼 느껴졌어요."

"저도요……." 헨리가 말했다. "아마 봄이라서 그럴 거라 믿어요. 제가 나비 하나를 통째로 삼키기라도 한 것 같아요. — 그리고 그게 바로 여기에서 날개를 파닥거리고 있어요." 그녀는 자신의 심장 쪽에 손을 가져다 댔다.

"그리고 정말 비범한 일은요." 에드나가 말했다. "저는 사실 결론을 냈었거든요. 저는 남자에 전혀……. 관심이 없는 거라고요. 그러니까 대학 여자 친구들은 전부 다 — "

"대학에 다니셨어요?"

여자는 고개를 끄덕였다. "직업 전문 대학이요. 비서가 되는 공부를 하죠." 그녀의 어조는 조금 자조적으로 들렸다.

"저는 사무실에 나가요." 헨리가 말했다. "건축 사무실인데 — 계단을 130개나 올라가야 하는 작고 이상한 곳이죠. 우리는 집이 아니라 둥지를 지어야 하는 게 아닌가, 저는 항상 그런 생각을 해요."

"직장 다니는 거 좋아하세요?"

"아니요, 당연히 안 좋아하죠. 아무것도 하고 싶지가 않은 걸요. 당신은요?"

"저도 싫어요……. 그리고." 여자가 말했다. "제 어머니는 헝가리 사람이거든요. — 그래서 제가 더 직장 생활을 싫어하는 것 같아요."

헨리에게는 그 사실이 꽤 자연스러운 듯 보였다. "그렇겠네요." 그가 말했다.

"어머니와 저는 완전히 똑같아요. 저는 아버지랑은 전혀 닮지 않았어요. 그분은 그저…… 도시에 속한 소시민 같은 분이세요. — 하지만 어머니는 다혈질에 야성적인 성향을 지니셨고 그걸 저에게 물려주셨죠. 제가 제 삶을 싫어하는 것만큼이나 어머니도 우리의 이런 삶을 싫어하세요." 그녀는 잠시 말을 멈추고 인상을 찌푸렸다. "그런데 또, 어머니와 저는 함께 정답게 어울려 지내지도 않아요. — 그건 좀 우습죠. — 안 그런가요? 어쨌든 집에서 저는 완전히 혼자예요."

헨리는 귀를 기울이고 있었다. — 경청하고 있었지만, 한편으로는 에드나에게 물어보고 싶은 뭔가 다른 것이 있었다. 그는 굉장히 수줍어하면서 말했다. "저 혹시 — 혹시 모자를 벗어 보시겠어요?"

여자는 깜짝 놀란 것처럼 보였다. "제 모자를 벗으라고요?"

"네 — 당신의 머리카락 때문이에요. 당신 머리카락을 제대로 볼 수만 있다면 무엇이든 드릴 수 있어요."

그녀는 이의를 표했다. "별거 아닐 텐데……."

"아니에요, 정말 특별해요." 헨리가 간절히 외쳤다. 그러자 그녀는 쓰고 있던 모자를 벗고 머리를 살짝 흔들어 보였다. "오, 에드나! 세상에서 가장 사랑스럽고 아름다운 머리카락이군요."

"맘에 드세요?" 그는 미소를 지으며 매우 기분이 좋은 듯 말했다. 마치 황금으로 된 망토를 두르듯이 그녀는 머리카락을 어깨 아래로 늘어뜨렸다. "사람들은 보통 우습다고 하거든요. 정말 말도 안 되는 색깔이라고." 하지만 헨리는 그 말을 믿지 않을 터였다. 여자는 무릎 위에 팔꿈치를 기대고 손바닥 안에 턱을 괴었다. "저는 가끔 화가 날 때 이런 자세로 앉아 있어요. 그러면 제 머리카락이 불꽃처럼 저를 활활 불태우고 있는 듯 보일 거라고 상상하면서요……. 바보 같죠?"

"아뇨, 아니요. 전혀 바보 같지 않아요." 헨리가 말했다.

"그러셨을 거라고 저는 알고 있었어요. 그건 이 모든 지루하고 끔찍한 세상에 저항하는 당신만의 무기 같은 거죠."

"도대체 그걸 어떻게 아셨어요? 맞아요, 정확히 그래요. 하지만 그걸 대체 당신이 어떻게 알았을까?"

"그냥 알았어요." 헨리가 미소 지었다. "정말로 세상에!" 그가 외쳤다. "사람들이 얼마나 바보 같나요! 당신이 아는 사람들이나 제가 아는 사람들이나, 모두 다 똑같은 말밖에 못 하는 앵무새들 같잖아요. 그런데 그냥 당신과 절 보면……. 여기 있는 저희 둘 — 그거면 충분한 거죠. 저는 당신에 대해서 알고 당신은 저에 대해서 알고요. — 우리는 서로를 찾아낸 거예요. — 그것도 이렇게 단순하게 — 그냥 자연스럽게 있으면서요. 그런 게 인생의 정수 아닐까요? — 뭔가 어린아이처럼 천진하면서도 매우 자연스러운 거요. 그렇지 않아요?"

"그래요, 맞아요." 여자는 열정적으로 말했다. "그게 제가 항상 생각했던 거예요."

"사람들은 모든 걸 너무 — 바보처럼 만들어요. 그들에게서 멀리 떨어져 있을수록 우린 안전하고 행복할 수 있어요."

"아, 저도 오랫동안 그런 생각을 했었어요."

"그러면 당신도 저와 같으신 거군요." 헨리가 말했다. 그 사실이 하도 경이롭고 위대해서 그는 거의 울음을 터뜨리고 싶었지만 그 대신 매우 엄숙하게 말했다. "우리처럼 생각하는 사람은 살아생전에 우리 둘뿐이라고 저는 믿어요. 사실 저는 완전히 확신해요. 아무도 저를 이해하지 못하거든요. 저는 낯선 존재들만 가득한 외딴 세계에서 사는 것처럼 느껴요. — 당신은요?"

"항상 그랬어요."

"이제 곧 있으면 우리 기차는 저 끔찍한 터널로 다시 들어가게 될 거예요." 헨리가 말했다. "에드나! 혹시 제가 — 당신의 머리카락을 만져도 괜찮을까요?"

그녀는 재빠르게 물러났다. "아, 안 돼요. 그러지 마세요." 그리고 어둠 속으로 들어가자 여자는 그에게서 살짝 몸을 피했다.

* * *

"에드나! 표를 샀어. 콘서트홀의 매표원 남자는 내가 그만한 돈을 갖고 있다는 사실에 전혀 놀라지도 않더라. 회랑 입구 바깥에서 3시에 만나. 그리고 크림색 블라우스를 입어 줄래, 산호색 장신구랑? — 사랑해. 나는 가게로 이 편지를 보내는 게 싫어. '편지 대신 받아 드립니다.'라고 창문에 써 놓은 사람들이 뒤쪽 방에 증기 주전자를 숨겨 두고, 코끼리 귀처럼 굳게 닫힌 봉투를 몰래 열어 볼 것만 같은 느낌이 항상 들거든. 하지만 사실 그런 건 상관없지, 그렇지, 내 사랑? 일요일에 빠져나올 수 있어? 사무실 여자 직원들 중 하나랑 만나서 노는 척하고. 어딘가 아늑한 곳에서 만나 함께 산책하거나 동그랗게 말려 있던 데이지 꽃잎들이 피어나는 모습을 보러 들판을 찾아가 볼 수도 있겠지. 당신을 정말 사랑해, 에드나. 당신 없이 일요일을 보내기란 순전히 불가능한 일이야. 부디 토요일 전까지, 차에 치이거나 하지 말고 무사히 있어야 해. 그리고 철제 음료수병이나 공공 수도에서 흘러나오는 건 아무것도 마시지 마. 내가 하고 싶은 말은 이게 다야, 자기야."

"내 소중한 사람. 그래, 토요일에 거기서 만나. — 그리고 일요일 만남도 잘 해결해 놨어. 정말 잘됐지. 나는 집에선 꽤 한가해. 방금 정원에 있다가 들어왔어. 정말 아름답고 사랑스러운 저녁이야. 아, 헨리, 나는 금방이라도 자리에 앉아서 눈물을 쏟아 버릴 것 같아. 지금 이 순간 자기를 너무 사랑해서. 정말 바보 같지. — 그렇지? 나는 너무 행복한 나머지 크게 소리 내서 웃는 걸 멈추지 못하거나, 아니면 너무 슬퍼서 터져 나오는 울음을 멈출 수가 없는데 둘 다 이유는 똑같아. 우린 이렇게 어리고 젊은 나이에 서로를 만나게 되었잖아, 안 그래? 자기에게 제비꽃을 하나 보내 줄래. 꺾은 지 얼마 안 돼서 아직도 따뜻해. 자기가 여기 있었으면 좋겠어. 딱 일 분 동안만이라도. 잘 자, 내 사랑. 에드나가."

* * *

"무사해." 에드나가 말했다. "안심이야! 게다가 정말 멋진 곳이었지, 안 그래, 헨리?"

그녀는 코트를 벗으려고 자리에서 일어섰고, 헨리는 그녀를 돕는 동작을 취했다. "아냐 — 아냐 — 내가 벗을 수 있어." 그녀는 좌석 아래로 코트를 밀어 넣고 그의 옆자리에 앉았다. "아, 헨리. 뭘 갖고 있는 거야? 꽃?"

"그냥 작은 장미 두 송이뿐이야." 남자는 그의 무릎 위에 꽃들을 올려놓았다.

"내 편지 잘 받았어?" 에드나가 종이를 끄르며 물었다.

"응." 남자가 말했다. "그리고 당신이 보낸 제비꽃도 아름답게 잘 자라고 있어. 자기가 내 방이 어떤 모습인지 한번 봐야 하는데. 방의 구석마다 그걸 조금씩 나눠 붙여 놨거든. 하나는 내 머리맡에 뒀고 하나는 내 잠옷 윗도리 주머니에 넣어 놨어."

그녀는 남자를 향해 머리카락을 흔들었다. "헨리, 팸플릿 좀 건네줘."

"여기 있어. — 나랑 같이 읽자. 자기를 위해서 내가 이렇게 들고 있을게."

"아니, 내가 직접 들고 볼래."

"아, 그러면 내가 자기한테 읽어 줄게."

"아니, 내가 보고 난 뒤에 자기가 보면 되잖아."

"에드나." 남자는 속삭였다.

"아, 제발 그러지 마." 여자는 애원했다. "여기선 안 돼. — 사람들이 있어."

왜 그는 그토록 여자를 만지고 싶어 했으며, 왜 여자는 그토록 그의 손을 꺼렸을까? 그녀와 함께 있을 때마다 남자는 그녀 손을 잡고 싶어 하거나, 함께 걸어갈 때 그녀와 팔짱을 끼고 싶어 하거나, 아니면 그녀에게 기대고 싶어 했다. — 너무 힘을 주는 건 아니고 — 그저 가볍게 몸을 기울여서 그의 어깨가 그녀 어깨에 살짝 닿는 정도로만 말이다. — 그런데 그녀는 그것조차 허락하지 않았다. 그녀에게서 떨어져 있는 시간 내내 남자는 공복감에 시달렸고, 그녀와 물리적으로 가까이 닿아 있기를 갈망했다. 에드나에게서는 그 자신을 침착하게 해 주는 안락함과 따스함이 숨결처럼 피어오르는 듯 느껴졌다. 그래, 바로 그것이었다. 헨리가 에드나의 몸에 손을 대는 것, 그녀가 접촉을 허락하지 않았기에 헨리는 도무지 진정할 수가 없었다. 하지만 그녀는 그를 사랑하고 있었다. 헨리도 그 점을 알았다. 그러면 왜 그녀는 연인의 신체적 접촉에 대해서 그토록 미묘하게 느끼는 것일까? 그가 손을 잡으려고 시도하거나 혹은 심지어 손을 잡아도 되느냐고 직접 물을 때마다 그녀는 확 움츠러들며 간절히 애원하는 듯 겁에 질린 눈동자로 그를 쳐다보곤 했다. 마치 그가 그녀를 다치게 하고 싶어 하기라도 한 듯. 그들은 서로에게 그 어떤 이야기라도 할 수 있었다. 그리고 상대방에게 자신이 속해 있다고 느끼는 데에도 의문의 여지가 없었다. 그럼에도 불구하고 그는 그녀를 만질 수 없었다. 세상에, 그는 심지어 그녀가 코트를 벗는 일조차 도와줄 수 없지 않은가. 그의 심각한 고민 속으로 그녀의 목소리가 떨어져 내렸다.

"헨리!" 그는 틀어진 입술을 바로잡으며 그녀의 목소리를 듣기 위해서 몸을 기울였다. "자기한테 뭔가 설명하고 싶은 게 있어. 내가 — 내가 말할 게 뭐냐면 — 약속할게 — 연주회가 끝나고 나면 말할게."

"알았어." 그의 마음은 여전히 상처받은 채였다.

"슬픈 건 아니지, 그렇지?" 그녀가 말했다.

그는 고개를 저었다.

"맞네, 지금 슬프구나. 헨리."

"아니야, 진짜 안 그래." 그는 그녀가 손에 든 장미꽃들을 바라봤다.

"그럼, 행복해?"

"그래. 이제 오케스트라가 들어오네."

그들이 연주회장에서 나오니 어두운 땅거미가 지는 황혼 무렵이었다. 푸른 그물 같은 빛살이 거리와 집들 위에 찬연히 걸려 있고, 창백하게 빛바랜 하늘에는 분홍빛 구름이 둥실 떠 있었다. 발걸음을 옮겨 연주회장에서 점점 멀어지면서 헨리는 그들 자신이 굉장히 위축되어 있고 외롭다고 느꼈다. 에드나를 알고 나서 처음으로 그는 마음이 무거워졌다.

"헨리!" 그녀가 갑자기 걸음을 멈추고 그를 빤히 쳐다봤다. "헨리, 나 자기랑 같이 역으로 걸어가지 않을래. 그냥 — 그냥 날 기다리지 말고 먼저 가. 제발, 제발 나를 떠나줘."

"하나님 맙소사!" 헨리가 비명처럼 외쳤다. 그리고 말문을 열었다. "왜 그래 — 에드나 — 자기 — 에드나, 내가 무슨 짓을 한 거야?"

"아니야, 아무것도 — 그냥 가 버려." 그리고 그녀는 몸을 돌려 반대쪽 거리에 있는 광장으로 내달렸다. 그러고는 광장 울타리에 몸을 기대어 — 자신의 얼굴을 손으로 감싼 채 서 있었다.

"에드나 — 에드나 — 내 작은 사랑 — 지금 울고 있잖아. 에드나, 내 소중한 소녀가!"

그녀는 받침대 위로 팔을 괸 채 얼굴을 묻고 심란하게 흐느꼈다.

"에드나 — 울지 마! — 다 내 잘못이야. 내가 바보였어, 나는 얼빠진 멍청이야. 내가 자기의 오후를 망쳤어. 어리석고 미치광이 같은 내가 지독히도 눈치 없이 굴면서 당신을 괴롭힌 거지. 딱 그거야. 안 그래, 에드나? 정말 어쩌면 좋을지."

"아." 그녀는 훌쩍였다. "나는 내가 이렇게 당신을 상처 주는 게 싫어. 당신이 나한테 물어볼 때마다 — 당신이 내 손을 잡아도 되느냐고 하거나 — 아니면 나한테 키스해도 되느냐고 할 때마다 나는 안 된다고 거절하는 나 자신이 싫어서 — 죽고 싶어져. 내가 왜 그러는지도 사실 잘 모르겠어." 그녀는 격정에 휩싸여 말했다. "내가 자기를 겁내거나 그런 건 아닌데 — 그런 건 아닌데 — 그냥 기분이 그런 거야, 헨리. 나 자신도 날 이해할 수 없는 그런 느낌. 당신 손수건 좀 줘 봐." 그는 주머니에서 손수건을 꺼내 대령했다. "연주회 내내 나는 이런 생각만 했어. 그리고 우리가 만날 때마다 이런 일이 또 벌어지고 말리라는 걸 알아. 왠지는 모르겠지만 만약 우리가 그런 일을 하고 나면 — 그러니까 — 서로의 손을 잡거나 키스를 하고 나면 모든 것들이 달라질 듯 느껴져 — 그러면 우리는 지금처럼 당당하고 자유롭지 않을 것 같아. 우리는 뭔가 비밀스러운 짓을 하게 되는 거겠지. 우리가 더는 천진난만한 어린애들이 아니게 될 거잖아……. 내 말이 바보 같지, 안 그래? 그렇지만 그러고 나면 자기랑 같이 있는 게 나는 어색해질 거야, 헨리. 그리고 자기를 향해 수줍고 부끄러운 감정도 느끼게 될 테고. 당신과 나는 말 그대로 당신과 나니까, 그런 종류의 일이 필요하지 않다고, 나는 느꼈었단 말이야." 그녀는 몸을 돌려서 그를 쳐다보았다. 그가 너무나 잘 아는, 양쪽 뺨에 두 손을 올린 자세로. 그리고 그녀 뒤쪽으로 그는 하늘과 흰 반달과, 아직 움트지 못한 꽃망울을 가득 품은 광장 나무들이 마치 아름다운 꿈의 한 장면처럼 펼쳐져 있는 광경을 보았다. 그는 손에 쥐고 있던 연주회 팸플릿을 계속해서 이리저리 뒤틀며 구겼다. "헨리! 자기는 내 마음이 어떤지 이해하지? 안 그래?"

"그래, 이해할 수 있을 것 같아. 이제 더는 겁내지 않을 거지, 그렇지?" 그는 미소를 지으려고 애썼다. "우리 이 일은 잊어버리자, 에드나. 나도 다시는 입에 올리지 않을게. 이 못된

불안감이라는 녀석을 — 지금 당장 — 너랑 내가 — 이 광장에 단단히 묻어 버리는 거야. 그럴 거지?"

"하지만……." 그녀가 그의 얼굴을 살피며 말했다. "그러면 당신이 날 조금이라도 덜 사랑하게 될까?"

"아, 그렇지 않아." 그가 말했다. "그건 말도 안 되지! 이 지구상의 그 어떤 것도, 그렇게 할 수 없어."

* * *

런던은 그들의 놀이터가 되었다. 토요일 오후마다 그들은 그곳을 구석구석 탐색하느라 여념이 없었다. 그들은 에드나를 위한 담배와 사탕을 종종 사는 그들만의 가게를 찜해 두었고 — 항상 같은 자리에 앉는, 그들만의 테이블이 있는 그들만의 카페도 마련했고 — 그들만의 거리도 발견했다. 그리고 어느 날 저녁, 원래는 에드나가 전문 대학에 가서 특강을 들어야 할 시간이었지만, 바로 그날 그들은 그들만의 마을을 발견했다. 그들이 거기에 가게 된 까닭은, 다름 아닌 마을의 이름 때문이었다. "그 이름을 들으니까 흰 거위들이 떠오르는데." 헨리가 에드나에게 이야기했다. "그리고 흘러가는 강이랑, 노인들이 바깥에 나와 앉아 있을 법한 낮고 자그마한 집들이 떠오르는 이름이야. 의족을 한 늙은 선장들이 시계태엽을 감고 있는 모습들 말이야. 그리고 창문에 등을 밝힌 작은 가게들도 있겠지."

그들이 실제 거위들이나 노수부들을 만나 보기에는 너무 늦은 듯했지만, 강은 정말로 있었고 낮은 집들과 심지어 등불을 밝힌 가게들도 있었다. 그 가게 중 한 곳에는 계산대 위에 재봉틀을 놓고 일하는 여자가 있었다. 그들은 왱왱대며 돌아가는 기계의 소음을 들었고, 그 여자의 큰 그림자가 가게 안을 가득 채우는 모습을 보았다. "손님 하나가 들어가도 꽉 찰 만큼 아담한걸." 헨리가 말했다. "정말 완벽한 곳이네."

집들은 다 조그마한 크기였고 담쟁이덩굴 등 온갖 덩굴식물들로 뒤덮여 있었다. 몇몇 집들에는 현관문까지 이어진 낡은 나무 계단이 놓여 있었다. 집 안으로 들어가려면 계단을 몇 층 올라가야 하는 그런 식이다. 그리고 바로 길 건너에는 — 집들의 모든 창문에서 잘 보이게끔 — 강이 흐르고 있었고, 그 곁에는 작은 산책로와 키가 큰 포플러 나무들이 서 있었다.

"여기가 바로 우리가 살 만한 동네로군." 헨리가 말했다. "임대 중인 빈집도 있어. 만약 우리가 들어가겠다고 하면 좀 기다려 줄 수 있을지 궁금하네. 아마 그렇게 해 줄 것 같은데."

"그래, 나도 이런 데서 살고 싶어." 에드나가 말했다. 그들은 도로를 건넜고 그녀는 나무 밑동에 기대어 꿈꾸는 듯한 미소를 지으며 비어 있는 집을 바라봤다.

"뒤쪽에는 작은 정원도 있어, 자기야." 헨리가 말했다. "나무 한 그루가 있는 잔디밭인데, 벽을 따라서 데이지 수풀도 둘려 있어. 밤에는 별들이 나무 사이에서 조그만 촛불처럼 빛나겠지. 그리고 내부는 아래층에 방이 두 개, 위층에 접이식 문으로 된 큰 방 하나가 있고 그 위에는 다락이야. 주방으로 내려가는 계단은 여덟 층계인데…… 굉장히 어두워, 에드나. 어쩌면 당신은 거기로 오가는 걸 무서워할지도 몰라. '헨리, 여보, 등잔 좀 가져다줄래? 우리 자러 가기 전에, 유피미아가 주방 불씨를 확실히 껐는지 확인하고 싶어서 그래.' 이렇게 말하겠지."

"맞아." 에드나가 말했다. "우리 침실은 위쪽에 있으니까……. 네모난 창문이 두 개 달린 바로 저 방 말이야. 조용할 때면 강물이 흐르는 소리를 듣고, 멀리멀리 떨어져 있는 포플러 나무들이 우리 꿈속에서 부스럭대며 잎사귀를 흔드는 소리도 들을 수 있겠지, 자기."

"지금 추운 거 아니지 — 그렇지?" 그는 문득 말했다.

"아니 — 아니야, 그냥 행복할 뿐인데."

"접이식 문이 달린 방은 당신 걸로 해." 헨리가 소리 내며 웃었다. "두루 쓰는 거지……. 사실 방은 아닌 거야. — 자기 장난감들로 가득 채워 놓고, 커다란 푸른색 의자도 두자. 그럼 동글동글한 불꽃 같은 머리카락을 가진 네가, 벽난로 불꽃 앞에 동그랗게 웅크리고 앉아 있는 거야. 왜냐면 우리가 결혼하고 나서도 너는 여전히 머리채를 위로 올리지 않겠다고 주장할 거고, 교회 예배에 참석할 때만 코트 깃 안쪽으로 집어넣을 뿐 평소에는 그저 늘어뜨리고 있을 테니까. 그리고 바닥에는 러그도 하나 깔려 있어야겠지, 게으른 내가 누워서 뒹굴뒹굴할 수 있게. 유피미아는 — 우리 하인 이름인데 — 낮에만 오는 거야. 그가 퇴근하고 나면 우리는 주방으로 내려가서 식탁에 앉아 사과를 먹거나, 어쩌면 차를 끓일 수도 있을 거야. 그냥 찻주전자가 노래하는 소리를 듣고 싶다는 이유로 말이지. 그건 장난 아니고 진심이야. 찻주전자 끓는 소리를 제대로 듣기만 한다면 꼭 봄날의 이른 아침 같은 기분이 들거든."

"그래, 나도 알아." 그녀가 말했다. "모든 다양한 종류의 새들 같지."

작은 고양이 한 마리가 빈집 울타리를 통과해서 도로 쪽으로 다가왔다. 에드나는 고양이를 부르며 몸을 굽히고 손을 내밀었다. — "나비야, 나비야!" 작은 고양이는 그녀에게 달려와서 무릎에 몸을 비볐다.

"우리 지금 산책하러 가야 되잖아, 고양이는 그냥 현관문 안쪽에 넣어 두고 와야겠다." 헨리는 마치 벌써 이 집에 사는 양 장난을 치며 말했다. "열쇠는 나한테 있어."

그들은 도로를 건넜고, 헨리가 계단을 올라 문 여는 시늉을 하는 동안, 에드나는 팔에 안아 든 고양이를 쓰다듬으며 서 있었다.

그는 재빠르게 계단을 걸어 내려왔다. "빨리 가 버리자. 이러다 이게 정말 꿈이 돼 버리겠어."

밤은 어둡고 포근했다. 그들은 집으로 가고 싶지 않았다. "내가 확실히 느끼는 건……." 헨리가 말했다. "우리가 바로 지금부터 여기 살아야 한다는 사실이야. 뭔가 일어나기만을 마냥 기다리는 게 아니라. 나이가 뭔데? 너는 너로서 딱 정확한 나이이고, 나도 마찬가지야. 너도 알지." 그가 말했다. "나는 점점 더 자주, 뭔가 소망하며 기다리는 일이 위험하게 느껴져. 뭔가를 기다리면 기다릴수록 그것들은 더 멀어질 뿐이라고."

"하지만 헨리, — 돈이 문제지! 우리한테는 돈이 하나도 없잖아."

"아, 그래. 어쩌면 내가 좀 나이 든 남자처럼 꾸며서, 자기랑 함께 어느 큰 저택의 관리인으로 취직할 수 있을지도 몰라. 그러면 엄청나게 재미있겠지. 누군가 저택을 둘러보러 온다면 나는 그 집의 역사에 대해 끝내주는 이야기를 지어내서 떠들어야지. 자기도 변장을 하고 흐느끼며 돌아다니는 유령 역할을 하든가, 아니면 버려진 화랑에 숨어 있다가 떨리는 손을 내밀든가 해서 사람들을 겁주어 쫓아 보내는 거야. 돈이란 대략 우연히 생기고 마는 거라고 너는 느낀 적 없어? — 누군가 정말 뭔가를 얻기 원한다면 결국 손에 넣을 수 있는 것이거나, 아니면 어찌 됐든 별로 상관없는 거라고?"

그녀는 그 말에 대답하지 않았다. 그녀는 하늘을 올려다보고 나서 말했다. "아, 정말…… 집에 가고 싶지 않아."

"내 말이 그거야, 그게 바로 본질적인 문제지. 그리고 우리는 집에 가서도 안 돼. 우리가 마땅히 해야 할 것은, 저 집으로 돌아가서, 우유병 바닥에 고인 우유를 고양이에게 따라 주고자 짝이 맞지 않는 받침 접시를 찾아내는 그런 일이야. 농담으로 한 말이지만 난 사실 웃고 있지 않아. 난 심지어 행복하지도 않아. 나는 네 생각만 하면 쓸쓸해져, 에드나 — 이 세상의 뭐라도 다 줄 수 있을 거야, 지금 누워서 울 수만 있다면……." 그리고 그는 힘없는 어조로 덧붙였다. "네 무릎을 베고 누워서, 네 사랑스러운 뺨이 내 머리카락에 닿는 감촉을 느낄 수만 있다면."

"하지만 헨리……." 그녀가 가까이 다가서며 말했다. "자기는 믿음이 있잖아, 그렇지 않아? 그러니까 내 말은 우리가 앞으로 저런 집을 갖게 되고, 우리가 원하는 모든 것들을 다 가지게 되리라고 완벽하게 확신하고 있는 거 — 아니었어?"

"그렇지만 충분하지 않아, 그것만으로는 부족하다고. 나는 지금 바로 저 계단에 앉아서, 바로 이 부츠들을, 바로 이 순간에 벗어 던지고 싶은 거야. 너는 그렇지 않아? 자기는 믿음만으로 충분해?"

"우리가 이렇게 어리지만 않았어도……." 그녀는 비참하게 말했다. "그런데도." 그녀가 한숨을 쉬었다. "정말 내가 어리다고 느껴지지 않는 점만은 확실해. 최소한 스무 살은 먹은 느낌이야."

*　*　*

헨리는 작은 숲속에 등을 대고 누워 있었다. 몸을 뒤척이자 말라 죽은 잎들은 그의 몸 아래서 부스럭거렸다. 한편 그의 머리 위로 새로 소생한 잎들은 햇빛에 흠뻑 젖어 눈부시게 흘러넘치는 녹색 분수처럼 넘실거렸다. 어딘가 보이지 않는 곳에서 에드나는 프림로즈를 따 모으고 있었다. 그날 아침 그는 너무도 진한 꿈에 흠뻑 취해서, 꽃을 보고 기뻐하는 에드나의 들뜬 기분을 따라잡을 수가 없었다. "그래, 내 사랑. 꽃을 꺾으러 갔다가 다시 나한테 돌아와. 나는 너무 게으르다니까." 그녀는 모자를 벗어 던지고 그의 곁에 무릎을 굽히고 앉았다. 그리고 점점 그녀 목소리와 발소리가 희미하게 멀어져 갔다. 이제 나뭇잎들이 내는 소리를 빼면 숲속은 고요했다. 그러나 그는 그녀가 멀리 떨어져 있지 않음을 알았다. 그는 몸을 움직였고 손가락 끝에 닿는 그녀의 분홍색 재킷을 느꼈다. 잠에서 깨어난 뒤 그는 계속 이상한 기분을 느꼈고 실은 아직도 깨어나지 않은 것 같은, 그냥 여전히 꿈을 꾸고 있는 듯한 느낌이었다. 그 전에는 에드나가 그저 한 편의 꿈이었고, 이제 그와 그녀가 함께 꿈을 꾸며, 어두운 곳 어디에선가는 또 다른 꿈이 그를 기다리고 있었다. '아니야, 사실일 리 없어. 우리가 없는 세상을 나는 상상조차 할 수 없는걸. 우리 둘이 같이 있음의 의미는, 그 자체로 당연히 그래야만 하는 일처럼 느껴져. 나무들이나 새들이나 구름처럼 그저 자연스럽게 말이야.' 그는 에드나가 없었을 때 어땠는지 기억을 되새겨 보려고 애썼지만, 과거의 날들로는 도저히 돌아갈 수 없었다. 그녀를 만나기 전의 시간은 그녀에게 완전히 가려져 더는 보이지 않았다. 에드나, 금잔화빛 머리카락과 꿈결처럼 기묘한 미소를 띤 그녀가 그의 존재를 넘치도록 가득 채웠다. 그는 그녀를 숨결로 내쉬었다. 그는 그녀를 먹고 마셨다. 그는 에드나 주변을 빙 두르고 있는 반짝이는 고리와 함께 이리저리 거닐었다. 그것은 이 세상을 아예 차단해 주거나, 혹은 무엇이든 닿는 즉시 그 고유한 아름다움으로 함께 빛나게끔 해 주었다. "자기가 웃음을 그치고 난 오랜 뒤에도……." 그는 그녀에게 말했었다. "나는 너의 웃음소리가 내 핏줄 속에서 메아리치며 달리는 것을 들을 수 있어. — 그런데도 — 우리는 그냥 꿈일 뿐인 걸까?" 그리고 갑자기 그는 자신과 에드나가 그저 작은 어린아이 둘일 뿐인 모습을 봤다. 거리를 걸어 다니며, 창문을 들여다보고, 물건을 사고 그것들을 가지고 놀고, 서로와 이야기를 하고, 미소를 짓는 두 아이 — 그는 심지어 그들의 몸짓과 그들이 서로를 향해 서 있는 자세를, 그렇게 예사롭게 자주 서로의 얼굴을 맞대고 있는 모습마저도 봤다. — 그러고 나서 그는 몸을 굴려 잎사귀 속에 얼굴을 묻었다. 그는 그리움으로 정신을 잃을 지경이었다. 그는 에드나에게 키스하고 싶었다. 그의 팔로 그녀를 끌어안고 그녀를 자신에게로 바짝 잡아당겨서 그의 입술 아래 뜨겁게 달아오른 그녀의 뺨을 느끼고, 자신에게 더는 숨결이 남아나지 않을 때까지 그녀에게 입을 맞추고 또 입맞추고 싶었다. 그렇게 또 꿈이 짓눌리고 마는 것이다.

"안 돼, 이렇게 허기진 상태로 계속 버틸 수는 없어." 헨리는 말하면서 벌떡 일어나 그녀가 사라진 방향으로 달려가기 시작했다. 그녀는 꽤 먼 길을 돌아다닌 모양이었다. 헨리는 아래쪽 초록빛 공터에 그녀가 무릎을 꿇고 앉아 있는 모습을 봤다. 그녀는 그를 보자 손을 흔들며 말했다. "아, 헨리 — 너무 예뻐! 이렇게 아름다운 꽃들은 처음 봐. 이리 와서 봐 봐." 그가 그녀에게로 다가갔을 즈음에, 이렇게 그녀의 행복을 망치느니 차라리 자신의 손을 잘라 내고 싶어졌다. 그날 에드나가 얼마나 기이하게 행동했는지! 헨리에게 이야기하는 내내 그녀의 눈동자는 환한 웃음을 머금고 있으면서, 감미롭고 다정한 장난기로 넘쳐 났다. 딸기 같은 색깔의 작은 홍조 한 쌍이 그녀 뺨 위에서 빛났고, 그녀는 "피곤한 느낌이 들기라도 하면 좋겠다."라고 연신 말했다. "죽을 때까지 이 세상 전부를 다 걸어 다녀 보고 싶어. 헨리 — 어서 와. 더 빨리 걸어, — 헨리! 내가 갑자기 훌쩍 날아가 버리기라도 하면 당신이 내 발을 붙잡아 주리라고 약속해 줄 거지, 그렇지? 그러지 않으면 나는 절대 내려오지 않을 테니까." 그리고 또, "아." 그녀는 크게 외쳤다. "나는 진짜로 행복해. 나 정말 지독하게 행복해!" 그들은 야생화가 흐드러지게 피어 있는 기묘한 장소로 왔다. 이른 오후였고, 햇살은 보랏빛 헤더꽃 위를 흐르듯 비추었다.

"여기서 잠시 쉬자." 에드나가 말했다. 그는 헤더 덤불을 힘겹게 헤치고 그 사이에 누웠다. "아, 헨리. 정말 좋다. 이 작은 종들과 하늘 외에는 아무것도 보이지 않아."

헨리는 그녀 곁에 무릎을 굽히고 앉아서 바구니 속에 든 프림로즈 몇 송이를 꺼내, 그녀 목덜미를 둘러 감싸는 긴 화환을 엮어 만들었다. "나 거의 잠들어 버릴 것 같아." 에드나가 말했다. 그녀는 그의 무릎 옆으로 슬그머니 몸을 밀고 들어와서, 그의 바로 옆으로 늘어뜨린 풍성한 머리카락 속에 숨어 있었다. "꼭 바다 아래 있는 것 같아. 그렇지 않아, 내 사랑? 정말 달콤하게 좋은 기분이면서 이토록 고요하다는 게 믿겨?"

"그래." 헨리가 묘하게 쉰 목소리로 말했다. "이제 너한테 제비꽃 화환을 만들어 주려고." 그런데 에드나가 몸을 일으켜 앉았다. "더 안쪽으로 들어가 보자."

그들은 다시 길로 빠져나와 먼 길을 걸었다. 에드나가 말했다. "안 되겠다. 이 세상을 전부 다 걸어 다녀 볼 수는 없겠어. 이제 피곤해." 그녀는 도로 가장자리 잔디 쪽에 바짝 붙어서 걸었다. "당신도 나도 지쳤어, 헨리! 얼마나 더 가야 할까?"

"나도 모르겠어. 그렇게 멀진 않을 거야." 헨리가 먼 거리를 가늠해 보면서 말했다. 그러고 나서 그들은 침묵 속에서 걸었다.

"아." 결국 그녀가 말했다. "진짜 너무 멀다, 헨리. 나 너무 지쳤고 배도 고파. 내 바보 같은 프림로즈 바구니 좀 들어 줘." 그는 그녀를 쳐다보지 않은 채 바구니를 건네받았다.

마침내 그들은 어느 마을에 도착해서 '차 있습니다.'라고 적혀 있는 작은 오두막에 들어섰다.

"여기는 내가 아는 곳인데." 헨리가 말했다. "가끔 여기 왔던 적이 있거든. 자긴 작은 벤치에 앉아, 내가 가서 차를 주문할게." 그녀는 온통 하얗고 노란 봄꽃이 만발해서 형형색색으로 찬란한 정원에 놓인 벤치에 자리를 잡고 앉았다. 한 여자가 문간에 나타나더니 거기 기댄 채로 그들이 식사하는 모습을 바라봤다. 헨리는 그 여자에게 매우 상냥한 태도를 보였으나 에드나는 한마디도 하지 않았다. "여기 진짜 오랜만에 오셨네요." 여자가 말했다.

"그렇네요, 정원이 참 멋져요."

"볼만은 하죠." 그 여자가 말했다. "이 젊은 여자분은 친동생이신가?" 헨리가 그래요, 하는 듯 고개를 끄덕이고 잼을 조금 발랐다.

"두 분이 제법 닮아서." 여자는 그렇게 말하고는 정원으로 내려와서 흰 수선화를 한 송이 꺾어 에드나에게 건네주었다. "혹시 이 근처에 빈 오두막을 원할 만한 분이 계시다거나, 그러진 않으시겠죠." 그 여자가 말했다. "우리 동생이 병이 나는 바람에 자기 집을 나한테 넘겼는데, 그걸 좀 세놓으려고."

"장기간이요?" 헨리가 예의 바르게 물었다.

"아." 그 여자가 모호하게 대꾸했다. "그거야 뭐, 경우에 따라서지."

헨리가 말했다. "음 — 어쩌면 누군가 있을 수도 있을 것 같아요. 저희가 가서 좀 살펴봐도 될까요?"

"그래요, 저 길 지나서 조금만 내려가면 있으니까. 앞쪽에 사과나무가 있는 작은 집이에요. 내가 열쇠 갖다줄게."

그 여자가 자리를 비운 사이에 헨리는 에드나에게 몸을 돌리고 말했다. "자기도 갈래?" 그녀는 고개를 끄덕였다.

그들은 길을 내려가서 덧문을 통과하고, 분홍색과 흰색 나무들 사이로 잔디가 우거진 오솔길을 따라 걸었다. 아래층에 방이 두 개, 위층에 방이 두 개, 아담한 곳이었다. 에드나가 2층에 있는 창밖으로 몸을 기울였고, 헨리는 현관문 앞에 섰다. "마음에 들어?" 그가 물었다.

"응." 그녀는 그를 부르며, 창가 옆에 그가 와서 설 자리를 마련했다. "이리 올라와서 봐. 전망이 진짜 좋아."

그는 올라가서 창밖으로 몸을 내밀었다. 그들 아래서는 사과나무가 희미한 바람에 살랑였고, 에드나의 긴 머리카락

한 줄기도 그의 눈가를 스쳐 흩날렸다. 그들은 미동도 하지 않았다. 저녁 시간이었다. 빛바랜 녹색 하늘에는 별들이 점점이 뿌려져 있었다. "저거 봐!" 그녀가 말했다. "별이 떴어, 헨리."

"이제 눈 깜짝할 사이에 달도 뜨겠지." 헨리가 말했다.

딱히 움직인 듯 보이지도 않았는데, 어느새 그녀는 헨리 어깨에 몸을 기대고 있었다. 그는 그녀의 몸을 팔로 감싸 안았다. "저 아래 있는 나무들 말이야. 다 사과나무일까?" 그녀가 떨리는 목소리로 물었다.

"아니야, 내 사랑." 헨리가 말했다. "나무 몇 그루는 천사들로 가득하고, 또 몇 그루엔 설탕 뿌린 아몬드가 가득 열려 있어. — 하지만 저녁이라 어두워서 도대체 잘 보이지가 않네." 그녀는 길게 숨을 내쉬었다. "헨리, 우리 여기 더 오래 있으면 안 될 것 같아."

그는 그녀를 안고 있던 팔을 풀었고, 그녀는 어스름한 방 안에 서서 자신의 머리를 매만졌다. "자기 오늘 온종일 무슨 일 있었어?" 그녀가 말했다. 그리고 대답을 기다리지도 않은 채 그에게로 달려가서 팔로 그의 목을 끌어안으며, 그의 머리가 자기 빈 어깨에 폭 담기도록 꼭 밀착했다. "아." 그녀가 숨을 몰아쉬었다. "당신을 정말 사랑해. 안아 줘, 헨리." 그는 팔을 벌려 그녀 몸을 껴안았고, 그녀는 그에게 기댄 채 눈을 들여다봤다. "오늘 하루 내내, 너무 힘들지 않았어?" 에드나가 말했다. "난 당신이 원하는 게 뭔지 알고 있었고 당신에게 어떤 방법으로든 내 마음을 전하고 싶어서 애를 썼던 거야. 당신이 내게 키스해 주기를 원하고 있다는 그 말을……. 난 이제 그 감정을 다 극복했거든."

"자기는 완벽해, 완벽해, 완벽해." 헨리가 말했다.

* * *

“문제는,” 헨리가 말했다. “어떻게 저녁까지 기다린담?” 그는 주머니에서 시계를 꺼내고, 집 안으로 들어가서, 벽난로 선반 위에 둔 도자기 안에 땡그랑 소리가 나게끔 집어넣었다. 그는 한 시간 동안 그것을 일곱 차례나 들여다보았는데도 지금이 몇 시인지 기억해 낼 수 없었다. 뭐, 한 번 더 꺼내서 들여다보면 되지. 4시 반이다. 그녀의 기차는 7시에 도착한다. 그는 6시 반쯤 역으로 출발해야 할 것이다. 두 시간을 더 기다려야 한다. 그는 다시 집 안을 샅샅이 돌아다녔다, 아래층과 위층 전부. “다 예쁘게 잘 마련되어 있네.” 그가 말했다. 그는 정원으로 나가서 연분홍 패랭이꽃 한 다발을 꺾어다가 에드나의 침대 옆에 있는 작은 탁자 위 꽃병에 둥글게 꽂았다. ‘믿을 수가 없군.’ 헨리는 생각했다. ‘이게 현실이라니! 단 일 분간도 믿을 수가 없어. 너무나 굉장한 일이잖아. 이제 두 시간만 있으면 그녀가 여기 도착할 거고, 우리는 함께 집으로 걸어올 테지. 그러면 나는 주방 테이블에 둔 흰 주전자를 들고 비디 부인의 집으로 가서 우유를 짜 오겠지. 그리고 내가 돌아올 때쯤엔 그 사람이 주방 불을 켜 두었을 테고, 나는 창문에 비친 그녀 그림자가 풍성한 등잔 불빛 속에서 헤엄치듯 오가는 모습을 바라보게 될 거야. 그러고 나서 우리는 저녁을 함께 먹을 거고, 저녁 식사를 마친 뒤에 (그녀가 손대기 전에 설거지는 내가 먼저 해 버려야지!) 나는 벽난로에 불을 지피고, 우리는 난로 앞 러그 위에 앉아서 불꽃이 타오르는 모습을 보겠지. 장작이 타닥타닥 타는 소리밖에는 아무런 소리도 들려오지 않을 거야. 어쩌면 한 번쯤 바람이 세게 불면 집의 나무옹이가 삐걱대는 소리 정도는 있을 테고……. 그러고 나서 우리는 촛대를 갈고, 그 사람이 먼저 벽에 비친 자신의 그림자와 함께 2층으로 올라가겠지. 이렇게 인사하면서, 잘 자, 헨리! — 그러면 나는 대답할 거야. — 잘 자, 에드나. 그런 다음 나도 2층으로 후다닥 뛰어 올라가서 침대로 뛰어들어, 그 사람의 방 문틈에서 흘러나오는 그 가느다란 불빛의 선이 내 방문까지 닿아 있음을 보는 거야. 그 빛이 스러지는 순간에 나도 눈을 감고 다음 날 아침까지 푹 잠들겠지. 우리는 또 그다음, 그다음, 그다음 밤을 그렇게 함께 보낼 거고. 그녀도 이 모든 것을 생각하고 있을까? 에드나, 어서 빨리 오렴!

작은 날개 두 쪽이 내게 있었다면
깃털 보송한 작은 새 한 마리였다면
나는 그대에게 날아가리, 내 사랑…….

아니, 그렇지 않아, 내가 가장 사랑하는 사람……. 왜냐하면 기다림 역시 또 다른 천국이니까, 자기야. 당신이 그것을 이해할 수만 있다면. 너는 숲속 작은 집 한 채가 까치발을 딛고 설렘 속에 기다릴 수 있다는 사실을 알았니? 지금 이 집이 바로 그렇게 하고 있어.'

그는 아래층으로 내려와 문간 계단에서, 무릎을 껴안고 손은 깍지를 낀 채로 앉았다. 그들이 마을을 처음 발견했던 그날 밤 — 그리고 에드나가 했던 그 말. '당신에겐 믿음이 있잖아?' "그때는 없었어. 지금은 있어." 그가 말했다. "내가 꼭 신이 된 것만 같아."

그는 문틀 가로대에 살며시 머리를 기댔다. 눈을 뜨고 있을 수가 없었다. 졸음이 오지는 않았지만……. 무슨 이유에선지……. 그리고 긴 시간이 흘렀다.

헨리는 거대한 흰 나방이 길을 따라 날아오는 광경을 봤다고 생각했다. 그것은 집 대문에 잠시 앉는 듯했다. 아니, 그건 나방이 아니었다. 긴 앞치마를 두른 원피스 차림의 작은 여자아이였다. 정말 단정하고 참한 아이네, 그는 잠 속에서 미소를 지었다. 그리고 그 아이도 미소를 짓더니 발끝으로 까치발을 들고 걸었다. '하지만 재가 여기 살 리는 없어.' 헨리는 생각했다. '왜냐면 이건 우리 집이니까. 그런데도 애가 여길 들어오네.'

그에게 꽤 가까이 다가온 그 아이는 앞치마 아래에 감추고 있던 손을 꺼내서 그에게 전보 봉투를 하나 건네주고는 미소를 지으며 사라졌다. 참 재미있는 선물이군! 헨리는 그 전보를 빤히 들여다보며 생각했다. '어쩌면 이건 장난을 치려는 가짜 봉투인지도 몰라. 봉투를 여는 순간, 안에 들어 있던 뱀 같은 뭔가가 확 날아드는 그런 거 말이야.' 그는 꿈속에서 부드럽게 웃음을 터뜨렸고 매우 조심스럽게 그 봉투를 열었다. '그냥 접힌 종이잖아.' 그는 그것을 꺼내서 종이를 펼쳤다.

정원이 어스름한 그림자들로 가득 찼다. — 그들이 자아내는 어둠이 거미줄처럼 번져 오두막과 나무와 헨리와 전보를 모두 뒤덮어 갔다. 하지만 헨리는 움직이지 않았다.

로자벨의 피로

옥스퍼드 서커스 모퉁이에서 로자벨은 제비꽃 한 다발을 샀다. 그건 그가 그렇게 식사를 조금만 할 수밖에 없었던 실제적인 이유였다. 라이언스[4]에서 먹은 스콘 하나와 삶은 계란 하나, 그리고 코코아 한 잔은 온종일 모자 가게에서 일하며 보냈던 힘든 하루를 마무리하기에 충분한 양이 아니었다. 한 손으로는 치마를 움켜쥐고 다른 한 손으로는 철 난간에 매달린 채 아틀라스 통근 버스 계단 위로 훌쩍 뛰어오르며, 로자벨은 제대로 된 한 끼 저녁 식사를 할 수만 있다면 자신의 영혼이라도 바칠 수 있겠다고 생각했다. — 구운 오리고기와 푸른 완두콩, 밤으로 속을 채우고, 푸딩에 브랜디 소스까지 곁들이면 좋겠지. — 뭔가 뜨겁고 강렬하고 속을 꽉 채워 주는 그런 독한 브랜디로 말이다. 그는 싸구려 종이 표지로 발행된 애나 롬바르디아(Anna Lombard)[5] 문고본을 읽고 있는, 자신 또래로

4 Lyons. 런던 옥스퍼드 거리(Oxford Street)에 위치한 유명한 레스토랑 라이언스 코너 하우스.

보이는 여자 옆에 앉았다. 책 표지에 빗물이 온통 튀어서 너덜거렸다. 로자벨은 창밖을 내다봤다. 시야는 온통 흐리고 안개가 낀 듯 부옇게 보였지만, 창틀에 비치는 빛은 지루하기 짝이 없는 거리 풍경을 오팔과 은빛 광채로 바꾸어 놓았고, 이 빛이 물든 창을 통해 바라보는 귀금속 가게들은 요정의 궁전처럼 보였다. 비를 맞은 그의 발은 흠뻑 젖은 상태였고, 치마 아랫단과 속치마에는 기름투성이의 검은 진흙이 두텁게 묻어 있으리라는 사실을 그는 알았다. 온기 있는 인류가 풍기는 구역질 나는 냄새가 감돌았다. — 그 체취는 버스 안에 있는 모든 사람에게서 한껏 뿜어져 나오는 듯 보였다. 그리고 그 사람들은 전부 다 똑같은 표정으로, 각자 자신의 눈앞만을 노려보며 꼼짝도 않고 앉아 있었다. 그 광고판의 글귀들을 그가 얼마나 여러 번 읽고 또 읽었던가. — "사폴리오[6]는 시간을 절약하고, 노동력을 절감해 줍니다." — "하인즈 토마토소스", — 그리고 "램플로우의 해열 포화 식염수"[7]가 지닌 최상급 장점에 대해 떠벌리는, 의사와 판사 사이의 그 의미 없고 짜증 나는 대화. 그는 옆자리 여자가 그렇게 열심히 읽고 있는 책을 힐끗 넘겨다봤다. 그 여자는 로자벨이 정말 싫어하는 방식으로 책을 읽는 사람이었다. 읽고 있는 단어를 입속으로 낮게 중

5 Anna Lombard. 애니 소피 코리(Annie Sophie Cory, 1868~1952)가 빅토리아 크로스(Victoria Cross)라는 필명으로 발표한 페미니즘 소설.

6 Sapolio. 1869년부터 생산된 비누 브랜드. 강력하고 효과적인 광고 문구 등 혁신적인 광고 기획으로 유명하다. 질레트 면도날을 개발한 킹 캠프 질레트가 판매를 주도했다.

7 Lamplough's Effervescing Pyretic Saline. 헨리 램플로가 개발한, 19세기 후반에 유행한 만병통치약.

얼거리며, 페이지를 넘길 때마다 검지와 엄지에 침을 묻혔다. 책의 내용은 명확히 보이지 않았다. 뭔가 화끈하고 관능적인 밤에 대한 묘사였고, 밴드가 음악을 연주하고 있으며, 사랑스럽고 흰 어깨를 지닌 여자의 이야기인 듯했다. 오, 망측해라! 로자벨은 불현듯 몸을 떨고는 코트의 가장 윗단추 두 개를 풀었다……. 그는 숨 막혀 질식할 것만 같았다. 반쯤 감긴 눈 사이로 맞은편 좌석을 보니, 한 줄로 나란히 앉은 사람들이 하나같이 거대하고 얼빠진 얼굴로 뒤섞여서 그를 바라보고 있었다.

그리고 여기가 그가 내릴 정거장이었다. 그는 출구를 향해 나가면서 조금 발을 헛디뎌 비틀거렸고, 옆자리 여자에게 살짝 부딪혔다. "실례합니다." 로자벨이 말했지만 그 여자는 위를 쳐다보지도 않았다. 그가 책을 부지런히 읽어 나가며 미소를 짓고 있는 모습을 로자벨은 봤다.

웨스트번 그로브 거리는 아마도 베네치아의 밤 풍경이 이러리라고 그가 항상 상상해 왔던 풍경처럼 보였다. 신비롭고, 어둡고, 심지어 이륜마차들조차 거리 양쪽을 부지런히 오가는 곤돌라처럼 보였다. 또한 비에 젖은 거리를 핥아 올리며 타오르는, 불꽃으로 된 혓바닥처럼 여기저기서 번뜩이는 섬광들은 마치 대운하에서 헤엄치는 마법 물고기 떼 같았다. 리치몬드 로드에 들어섰을 때만 해도 그는 행복하기 이루 말할 수 없었지만, 거리 모퉁이에서 26길로 접어들 때까지 그는 계속 4층까지 걸어 올라가야 하는 층계에 대해 생각했다. 아, 왜 4층씩이나 된단 말인가! 사람들이 그렇게 높은 층에서 살아야 한다고 생각하다니 정말 범죄가 아닐 수 없다. 모든 주택에는 승강기가 있어야 한다. 단순하고 저렴한 것으로, 혹은 얼스코트[8]에 있는 것같이 전기로 움직이는 자동계단[9]이라든가. — 네 층이나 올라가야 한다니! 건물 현관에 서서 눈앞에 펼쳐진 한 층 계단을 보았을 때 그는 거의 울음을 터뜨릴 뻔했다. 작은 가스등 불빛 아래, 층계참에 있는 앨버트로스 머리 장식품이 유령처럼 어렴풋하게 명멸하고 있었다. 그래, 정면 돌파하자. 결국 올라갈 수밖에 없겠지. 가파른 언덕 꼭대기까지 자전거 페달을 밟아 오르는 것과 매우 비슷했다. 단지 다시 아래로 날아가듯 미끄러져 내려오는 만족감만이 빠져 있을 뿐…….

마침내 그는 자기 방에 도착했다! 그는 문을 닫고 가스등을 켜고, 모자와 코트, 치마, 블라우스를 벗고, 문 뒤에 걸어 둔 낡은 플란넬 실내 가운을 집어 들고, 그것을 몸에 걸치고, 부츠의 끈을 풀었다. 스타킹은 굳이 갈아 신을 만큼 젖지는 않은 것 같다고 느꼈다. 그는 세면대 앞으로 다가갔다. 아침 세면을 하고 물병에 다시 물을 채워 두지는 않았었다. 물병 안에는 딱 스펀지를 적실 만큼의 물만 남아 있었고, 세면용 대야의 에나멜 코팅은 거의 벗겨져서 너덜거렸다. 그때가 바로 그가 두 번째로 턱을 긁적였던 때였다.

이제 막 저녁 7시가 된 시각이었다. 만약 그가 블라인드를 올리고 가스등을 껐다면 훨씬 더 쉬기에 편안했으리라. — 로자벨은 책을 읽고 싶지 않았다. 그래서 그는 바닥에 무릎을 꿇고 앉아, 창틀에 팔을 걸치고 거기에 머리를 기댔다……. 그와

8 Earl's Court. 1887년에 최초 개관한 런던의 전시회장. 현재의 건물은 1937년에 완공되었다.

9 에스컬레이터(escalator)를 말하지만, 원문 어조를 고려하여 직역하였다. 영국 최초의 에스컬레이터는 1898년 해로즈 백화점에 설치되었다.

바깥, 이 거대하고 축축한 세상 사이에는 그저 한 장의 얇은 유리창만이 있을 뿐이었다!

그는 오늘 하루 있었던 모든 일에 대해 생각하기 시작했다. 회색 방수 재킷을 입고 와서, 장식 달린 귀 가리개 모자를 찾던 그 끔찍한 여자를 어떻게 잊을 수 있을까. — "뭔가 보라색인데 양쪽에는 뭔가 장밋빛이 들어간 거로요." — 혹은 가게 안에 있는 모든 모자라는 모자는 다 써 보고 나서, "내일 전화 드리고 그때 확실히 결정하도록 할게요."라고 말했던 그 여자는 어떻고. 로자벨은 얼굴에 미소가 번지는 것을 막을 수 없었다. 다들 미리 입을 맞추기라도 한 듯 똑같은 변명을 하지……. 하도 들어서 귀에 못이 박일 지경이었다.

하지만 또 다른 손님도 있었다. — 아름다운 붉은색 머리와 흰 피부, 지난주에 파리에서 들여온 금빛 광택이 나는 초록 리본과 똑같은 색깔의 눈동자를 지닌 그 여자 말이다. 그녀가 타고 온 대형 자동차가 현관에 세워져 있는 모습을 로자벨은 봤었다. 한 남자가 그녀와 함께 들어왔는데, 꽤 젊은 남자였고 굉장히 옷을 잘 차려입은 매무새였다.

"내가 원하는 게 정확히 뭐일 것 같아, 해리?" 로자벨이 그녀가 쓴 모자의 고정 핀을 끄르고, 그녀 베일 끈을 풀고, 손거울을 건네줄 때 그녀는 그렇게 말했다.

"당신은 검은색 모자를 가져야 직성이 풀리겠지." 그는 대답했다. "깃털 달린 검정 모자인데, 그 깃털이 얼마나 큰지 일단 모자 주변을 완벽하게 두른 뒤에 당신 목도 한 바퀴 둘러 주고, 당신 턱 아래서 리본으로 묶이고, 끝부분은 당신 벨트 안쪽으로까지 들어가는 — 그 정도는 돼야 적당히 쓸 만한 크기라고 할 수 있는 깃털 말이야."

그녀는 웃음을 터뜨리며 로자벨에게 휙 시선을 던졌다.

"그런 모자 여기서 팔아요?"

그들은 좀처럼 만족시키기 어려운 고객이었다. 해리는 매번 불가능한 제품을 주문했고, 로자벨은 거의 절망에 빠진 상태였다. 그러다 그는 위층에 있는, 아직 풀지 않은 거대한 상자를 기억해 냈다.

"아, 잠깐만 기다려 주십시오, 부인." 그는 말했다. "좀 더 마음에 드실 만한 제품을 제가 보여 드릴 수도 있을 것 같습니다." 그는 숨도 쉬지 않고 뛰어 올라가서, 상자를 묶어 둔 줄을 자르고, 내부에 충전된 박엽지를 이리저리 헤쳤다. 그리고 다행히, 거기에 바로 그들이 원하는 모자가 있었다. — 엄청나게 크고, 부드럽고, 아름답게 물결치는 깃털이 달려 있고, 검은색 공단으로 만든 장미 장식 외에는 아무것도 없는, 우아한 그 모자가. 그들은 완전히 매료되었다. 그 여자는 모자를 써 보더니 다시 벗고 로자벨에게 모자를 건넸다.

"당신이 쓰면 어떻게 보이는지 보고 싶어요." 그녀는 조금 눈살을 찌푸리며, 정말 진지하게 말했다.

로자벨은 거울 앞에 서서 자신의 갈색 머리 위에 모자를 얹고는 다시 그들을 마주했다.

"오, 해리. 정말 너무 예쁘지 않아?" 그 여자가 비명을 지르듯 외쳤다. "난 이걸 가져야겠어!" 그녀는 다시 로자벨에게 미소 지었다. "당신에게 참 잘 어울리네요, 아름답게."

갑작스럽고 기묘한 분노가 로자벨을 사로잡았다. 그 사랑스럽고 섬세하며 망가지기 쉬운 물건을 그 여자의 얼굴에다 냅다 내던져 버리고 싶었다. 그는 붉어진 얼굴로 몸을 굽혀 모자를 벗었다.

"내부도 아주 정교하게 마감되어 있습니다, 부인." 그는 말했다. 하지만 그 여자는 자기 자동차를 향해 가게에서 쌩하니 나가 버렸다. 돈을 내고 모자 상자를 들고 나올 해리를 뒤에 남겨 둔 채로.

"자기랑 점심 먹으러 다시 나오기 전에 집으로 곧장 가서 모자 써야지." 로자벨은 그녀가 그렇게 말하는 소리를 들었다.

로자벨이 계산서를 작성하고 나자, 해리가 지폐를 헤아려 그의 손에 쥐여 주면서 그쪽으로 살짝 몸을 기울였다. —"화장해 본 적 있어요?" 그 남자가 말했다.

"없습니다." 로자벨이 짧게 대답했다. 그는 그 남자의 목소리 톤이 재빠르게 바뀌었음을 느꼈다. 허물없이 친밀한 태도 속에 은은하게 감도는 오만한 어조 말이다.

"아, 화장하셔야지." 해리가 말했다. "이렇게 예쁜 외모를 가지셨는데."

로자벨은 아무런 관심도 없다는 태도를 유지했다. 그 남자는 얼마나 잘생긴 사람이었던가! 하루 종일 그 남자 외에는 아무 생각도 들지 않았다. 그 남자의 얼굴이 그의 마음을 완전히 매혹시켰다. 그는 그 남자의 아름답고 곧게 뻗은 눈썹을 똑똑히 되새겨 볼 수 있었다. 그 남자의 이마 뒤쪽에서 풍성히 솟아올라, 산뜻한 컬의 기운이 아주 살짝만 감돌던 머리카락도. 웃음을 터뜨리느라 벌어져 있던 그 남자의 거만한 입매마저도. 그는 돈다발을 세어 자기 손아귀에 건네던 그 남자의 얇고 늘씬한 손 모양을 다시 눈앞에 또렷이 그렸다……. 로자벨은 갑자기 자신의 얼굴 위로 흩어져 내린 머리카락을 이마 뒤로 확 넘겼다. 이마가 열이 난 듯 뜨거워졌던 탓이다……. 만약 그 가느다란 손이 이 이마 위에 단 한 순간이라도 머무를 수만 있다면……. 저 여자는 참 운도 좋지!

그들의 처지가 서로 뒤바뀐다는 상상을 해 보라. 로자벨이 그 남자와 함께 자동차를 타고 집으로 간다고. 물론 그들은 서로 사랑에 빠져 있겠지만 아직 약혼한 상태는 아닐 것이다. 거의 하기 직전이겠지. 그리고 로자벨은 이렇게 말하겠지. — "나 시간 좀 걸릴 거야." 그의 하녀가 모자 상자를 들고 로자벨의 뒤를 따라 위층 계단으로 오르는 동안, 그 남자는 자동차 안에서 기다릴 것이다. 그러고 엄청나게 큰, 흰색과 분홍색으로 치장된 침실에 들어선다. 흔한 은제 화병에 담긴 장미 다발이 방 안 구석구석 어디에나 놓여 있겠지. 그가 거울 앞에 자리를 잡고 앉자, 몸집이 작은 프랑스인 하녀가 그의 시중을 들며 모자를 고정해 주고는 얇고 섬세한 베일을 골라 씌워 줄 것이다. 여분의 흰색 스웨이드 장갑 한 켤레도 더 찾아 주고 — 그날 아침에 꼈던 장갑에서는 단추 하나가 떨어져 나갔기 때문에. 그는 모피 코트와 장갑과 손수건에 향수를 뿌리고, 커다란 손 토시를 집어 들고는 아래층으로 재빨리 뛰어 내려간다. 집사가 현관문을 열어 주면, 그를 기다리던 해리와 함께 자동차를 타고 드라이브를 떠난다……. 그게 바로 제대로 된 인생이라는 거지, 로자벨은 생각했다! 칼턴[10]으로 가는 길에 그들은 제라드(Gerard's)에 들렀고, 해리는 향기로운 파르마 제비꽃 한 다발을 사다가 로자벨의 양손을 가득 채웠다.

"아, 정말 달콤한 향기가 나!" 그가 꽃다발을 얼굴에 갖다

10 Carlton. 영국 보수당원들의 사교장 칼턴 클럽(The Carlton Club). 식당과 숙소 등 편의 시설을 갖추고 있으며, 회원제로 운영되기 때문에 해리의 출신 배경을 짐작할 수 있다.

대며 말했다.

"당신에게 언제나 어울리는 모습이지." 해리가 말했다. "두 손 넘치도록 흐드러지는 제비꽃을 안고 있는 거 말이야."

(로자벨은 무릎이 저려 온다는 사실을 깨달았다. 그는 자세를 바꿔 바닥에 앉아서 벽에다 머리를 기댔다.) 아, 그 점심은 또 어땠는지! 식탁은 꽃들로 가득했고, 밴드는 야자수 덤불 뒤쪽에 모습을 감춘 채로 피를 포도주처럼 불타오르게 하는 음악을 연주했다. — 수프, 굴, 비둘기 요리, 크림을 섞은 감자, 물론 샴페인도, 그리고 식사를 마친 후에는 커피와 담배가 뒤따랐다. 그는 한 손으로 유리잔을 매만지며 식탁 위로 몸을 굽혀, 해리가 그토록 빠져들고 만 그 특유의 매력 넘치는 유쾌한 태도로 이야기를 했다. 이후에는 마티니를 마시면서 둘 다 어떤 강렬한 감정에 사로잡혔고, 그러고 나선 '별장'에 가서 차를 마신다.

"설탕? 우유? 크림?" 편안하고 담백한 어조의 질문에서 즐거운 정다움이 은은하게 느껴졌다. 그러고 나서는 땅거미가 질 무렵 다시 집으로 돌아온다. 파르마 제비꽃의 향내가 그윽한 감미로움으로 주변 공기를 온통 적시는 것 같다.

"9시에 전화할게." 그 남자가 떠나면서 말했다.

안쪽 거실에는 이미 불이 안온하게 지펴져 있다. 커튼은 내려졌고, 그를 기다리는 엄청난 양의 편지들이 있다. — 오페라, 만찬, 무도회, 강가에서의 주말 야유회, 자동차 전시회 같은 다양한 행사의 초대장들 — 그는 무심하게 그것들을 대충 훑어보고는 옷을 갈아입고자 위층으로 올라갔다. 그의 침실에도 불은 지펴져 있고, 아름답고 반짝거리는 드레스가 침대 위에 펼쳐져 있다. — 은빛으로 빛나는 신발과 스카프, 조그만 은빛 부채와 함께 준비된, 흰색 튈 드레스. 로자벨은 그날 밤 무도회에서 자신이 가장 명망 높은 여자라는 점을 알았다. 남자들은 자신에게 경의를 표했고, 어느 외국 왕자는 얼른 소개를 받아서 이 놀랍도록 멋진 영국 여성 앞으로 나설 수 있기를 간절히 바랐다. 그렇다, 정말 육감적이고 화려한 밤이었지, 밴드가 음악을 연주하고, 그의 사랑스러운 흰 어깨가 드러나 있던…….

그러나 그는 매우 피곤해졌다. 해리가 그를 집에 데려다주었고, 잠시 그와 함께 안으로 들어오기까지 했다. 응접실의 불은 꺼져 있었으나 졸음에 겨운 하녀가 내실에서 그를 기다리고 있었다. 그는 망토를 벗고, 하녀를 돌려보낸 후에, 벽난로 앞으로 가서 선 채로 장갑을 벗었다. 벽난로의 불빛이 그의 머리카락을 하늘하늘 비추었고, 해리가 방을 가로질러 와서 그를 자신의 품 안에 끌어안았다. —"로자벨, 로자벨, 로자벨." 아, 그 남자의 굳센 팔이 전해 주는 안락함이라니. 그녀는 많이 피곤한 상태였다.

(어둠 속 바닥에 몸을 웅크리고 있던 진짜 로자벨은, 크게 소리 내서 웃었고 뜨거운 숨결을 내뿜는 자신의 더운 입가를 손으로 막았다.)

물론 그들은 그다음 날 함께 공원을 드라이브했다. 약혼은《궁정 행사 일보》를 통해 발표되었고, 모두가 이 사실을 알게 되었다. 전 세계가 앞다투어 그에게 축하의 악수를 건네고 있었다…….

그들은 하노버 광장의 성 조지 교회에서 결혼식을 올렸고, 해리의 유서 깊은 본가가 있는 지역으로 차를 몰아 신혼여행을 떠났다. 그들이 지나갈 때마다 마을 농민들이 예의 바르게 무릎을 굽히며 인사를 했다. 여기저기 둘린 천 아래로 이따금 그 남자는 그의 손을 벅차오르듯 꽉 잡았다. 그리고 그날 밤 파티에서 그는 다시 은백색 드레스를 입었다. 그는 여행 탓에 지쳐 있었고 꽤 이른 시간에…… 위층 침실로 향했다…….

진짜 로자벨이 바닥에서 몸을 일으켜 천천히 옷을 벗었고, 의자 등받이에다 벗은 옷을 접어서 걸쳐 두었다. 그는 결이 거친 캘리코 재질의 잠옷에다 머리를 쑤셔 넣고, 머리카락에 꽂고 있던 핀들을 하나하나 풀어냈다. — 부드러운 갈색 머리카락이 홍수처럼 구불대며 따스하게 떨어져 내렸다. 그러고 나서 그는 촛불을 입으로 불어 끄고 더듬더듬 침대 속으로 들어갔다. 담요를 젖히고 낡고 때 묻은 '벌집 모양' 누비이불을 목 주변에 단단히 두른 다음, 몸을 웅크린 채 어둠 속으로 빠져들었다…….

그래서 그는 잠이 들었고 꿈을 꾸었다. 잠을 자면서 그는 미소를 지었고, 한번은 꿈을 꾸는 도중에 팔을 뻗어서 실제로는 거기에 있지 않은 무엇인가를 만지려고 하기도 했다.

그렇게 밤이 흘러갔다. 지금은 새벽의 차가운 손가락들이 이불 밖으로 삐져나온 그의 손에 바짝 다가와 있다. 희미한 회색 빛살이 칙칙한 방 안을 가득 메웠다. 로자벨은 몸을 부르르 떨었고, 짤막한 숨결 몇 마디를 토해 낸 뒤 누웠던 자리에서 일어나 앉았다. 그리고 자기가 지닌 유산은 오직 비극적인 낙관성뿐이었으므로, 어쩌면 그것은 너무나 흔히 젊음이 유일하게 상속받은 유산이기도 하니까, 여전히 반쯤 잠에 취한 상태로 그는 미소를 지어 보였다. 그의 입가 주변으로 불안한 경련이 엷게 피어났다.

펄 버튼이 어떻게 유괴되었는지에 관하여

천편일률의 종이 상자를 엎어 놓은 듯 다 똑같이 생긴 집들 중 하나. 그 앞의 작은 대문에 매달린 채로, 펄 버튼은 그네를 타듯 몸을 흔들었다. 살랑대는 바람과 서로 숨바꼭질을 하는 햇살이 밝게 비치는 이른 오후였다. 바람에 날려 붕 뜬 앞치마 가장자리 프릴이 그의 입속까지 들어왔고, 온 거리의 먼지들이 바람에 쓸려 상자 갑 같은 집 전체에 흩날렸다. 펄은 그것을 지켜보고 있었다. — 구름처럼 — 마치 어머니가 생선 요리에 후추를 뿌리다 후추통 뚜껑이 쏙 빠져 버렸던 것처럼. 그는 홀로 작은 대문에서 발을 구르며 그네를 탔고, 조그만 목소리로 노래를 불렀다. 커다란 몸집의 여자 둘이 거리 아래쪽에서부터 걸어왔다. 한 사람은 붉은색, 다른 사람은 노랑과 초록색 옷을 입고 있었다. 그들은 머리 위에 분홍색 손수건을 올렸고, 두 사람 모두 야생 고사리를 따 담은, 아마 섬유로 짠 커다란 바구니를 들고 가는 중이었다. 신발도 스타킹도 신지 않은 맨발 차림의 그들은 아주 느릿한 속도로 걷고 있었는데, 왜냐하면 그들이 너무 뚱뚱하기도 했고, 또 쉬지 않고 미소를 지으면서 서로와 이야기를 하는 데 여념이 없었기 때문이다. 펄은 몸을 흔들던 동작을 멈췄다. 그의 모습을 발견하자 그들도 걸음을 멈췄다. 그들은 그 애를 계속해서 빤히 쳐다보더니 다시 서로 말을 주고받았다. 둘이 함께 팔을 젓고 손뼉을 치기도 하면서 말이다. 펄은 소리 내어 웃기 시작했다.

두 여자가 그에게 다가왔다. 울타리 가까이 다가서서는, 조금 겁먹은 듯한 눈빛으로 종이 상자 같은 집을 건너다봤다.

"안녕, 꼬마 아가씨." 한 사람이 말했다.

펄이 말했다. "안녕!"

"혼자 있어요?"

펄이 고개를 끄덕였다.

"어머니는 어디 계셔?"

"주방에, 다리미질을 하고 있어. 왜냐면-화-요-일이라서."

여자는 그를 향해 미소를 지었고 펄도 마주 미소를 지었다. "우와." 그 애가 말했다. "이가 진짜 하얘! 다시 해 봐."

어두운 피부색의 여자는 웃음을 터뜨렸고, 다시금 일행과 둘이서만 손을 정신없이 내저어 가며 재미있는 말을 하는 듯했다. "꼬마는 이름이 뭐지?" 그들이 물었다.

"펄 버튼."

"우리랑 같이 갈래요, 펄 버튼? 아주 아름다운 것들을 보여 줄 건데." 한 여자가 그에게 속삭였다. 그래서 펄은 대문에서 폴짝 뛰어내려 길로 나와 섰고, 어두운 피부색의 두 여자 사이에서 바람이 쌩쌩 부는 길을 걸어 내려갔다. 두 사람과 걷는 속도를 맞추기 위해 발을 살짝 뛰듯이 빠르게 놀리면서, 그는 그들이 지닌 상자 집 속에 과연 어떤 물건들이 있을지 궁금히 여겼다.

그들은 한참이나 걸어갔다. "피곤해?" 두 여자 중 하나가 펄에게 몸을 숙이며 물었다. 펄은 고개를 저었다. 그들은 훨씬 더 멀리까지 갔다. "안 피곤해?" 다른 여자가 물었다. 그리고 펄은 다시 머리를 살래살래 흔들었다. 그러나 동시에 눈에서 눈물이 솟아 나왔고 입술이 떨렸다. 그러자 한 여자가 고사리가 든 바구니를 다른 쪽에게 넘기고 펄 버튼을 훌쩍 들어 올렸다. 그리고 펄 버튼의 머리를 자신의 어깨에 얹고 먼지투성이 작은 다리가 공중에서 대롱대롱 흔들리도록 안고 걸었다. 그 여자는 침대보다 더 부드러웠고 좋은 냄새가 났다. — 머리를 푹 파묻고 계속해서 숨을 들이켜고 또 들이마시게 하는 그런 냄새였다…….

그들은 펄 버튼을 자신들과 같은 피부색의 다른 사람들로 가득 찬 통나무 방에다 내려놓았다. — 그 모든 사람이 가까이 다가와서 그 애를 쳐다보고, 고개를 끄덕이고 웃음을 터뜨리며 신기하다는 듯 눈을 위로 치켜떴다. 펄을 안고 왔던 여자가 아이의 머리를 묶은 리본을 풀고 머리카락이 느슨해지도록 부드럽게 휘저었다. 다른 여자들 사이에서 높은 비명이 터졌고 그들은 더 가까이 모여들었다. 물결치는 펄의 금발 고수머리를 한 여자가 손가락 하나로, 매우 부드럽게, 쭉 빗어 내렸다. 그리고 또 다른 사람이, 어린 여자였는데, 펄의 머리카락을 모두 한데 모아 들어 올리고는 하얗게 드러난 그의 목덜미에 뽀뽀했다. 펄은 수줍었지만 동시에 행복감을 느끼기도 했다. 바닥에는 남자들도 몇 명 있었다. 어깨 주변에 담요와 깃털 다발들을 두르고 담배를 피웠다. 그들 중 하나가 펄을 향해 익살스러운 표정을 짓고 주머니에서 아주 커다란 복숭아

하나를 꺼내 바닥에 두더니, 마치 그게 구슬치기할 때 쓰는 구슬이라도 되는 양 손가락으로 튕겨 보냈다. 복숭아는 정확히 그 애 앞으로 굴러왔다. 펄은 그것을 집어 들었다. "제발, 나 이거 먹어도 돼?" 그는 물었다. 그러자 그들 모두가 웃음을 터뜨리며 손뼉을 쳤다. 익살스러운 표정의 그 남자가 다시 그를 향해 우스운 얼굴을 하더니 이번에는 배를 하나 주머니에서 꺼내 바닥에 통통 튀기듯 그 애한테 던져 보냈다. 펄은 까르르 소리 내어 웃었다. 여자들은 바닥에 털썩 주저앉았고 펄도 따라서 앉았다. 바닥에는 흙먼지가 많았다. 그는 조심스럽게 앞치마와 드레스를 들쳐 올리고, 먼지가 많은 장소에서는 이렇게 앉으라고 평소에 가르침을 받은 대로 속치마만 바닥에 닿도록 앉았다. 그리고 과일을 먹었다. 과즙이 그의 앞쪽으로 줄줄 흘러내렸다.

"아!" 그는 잔뜩 겁먹은 목소리로 여자 중 하나에게 말했다. "나 과일 물 다 흘렸어!"

"괜찮아, 아무 상관 없어." 그 여자가 아이 뺨을 톡톡 두드리며 말했다. 한 남자가 손에 긴 채찍을 들고 방 안으로 들어왔다. 그는 무엇인가를 외쳤다. 그들 모두 일어나서 고함을 치고, 웃고, 깔개와 담요와 깃털 다발 등을 몸에 서둘러 걸쳤다. 그들은 펄을 다시 번쩍 들어 올리더니 이번에는 커다란 수레 위에 내려놓았다. 그는 수레를 모는 사람 바로 곁에 자리 잡고 있는, 그 애를 여기 데려온 두 여자 중 한 사람의 무릎에 앉았다. 붉은 털 망아지와 검은 털 망아지가 끄는 초록색 수레였다. 그것은 굉장히 빠른 속도로 달려 쏜살같이 마을을 빠져나갔다. 운전자가 일어서더니 그의 머리 위로 채찍을 둥글게 휘둘렀다. 펄은 자신을 안은 여자의 어깨 너머로 바깥 풍경을 넘겨다보았다. 긴 행렬처럼 다른 수레들도 줄지어 뒤를 따르고 있었다. 그는 그들을 향해 손을 흔들었다. 그러고 나자 탁 트인 시골길이 나왔다. 양 떼가 군데군데 무리 지어 있는 짧은 잔디밭이, 그리고 이름 모를 흰 꽃과 분홍빛 들장미가 한가득 핀 작은 덤불들이 나왔다. — 이어서 길 양쪽에 늘어선 커다란 나무들이 보였다. — 그 거대한 나무들 외에는 아무것도 보이지 않았다. 펄은 나무들 틈새로 뭐가 있는지 보려고 했지만 그늘은 꽤 어두웠다. 새들이 노래를 하고 있었다. 그는 자신을 안은 여자의 커다란 무릎에 가까이 몸을 기대어 파고들며 편안히 자리 잡았다. 그 여자는 고양이처럼 따뜻했고, 고양이가 골골대듯 숨을 쉴 때마다 위아래로 몸을 출렁였다. 펄은 그 여자 목에 걸린 녹색 장식물을 가지고 놀았으며, 그 여자는 펄의 작은 손을 붙들고 다섯 손가락마다 입을 쪽쪽 맞추더니, 손을 뒤집어 이번에는 손등 옴폭 들어간 곳마다 뽀뽀를 해 주었다. 펄은 이렇게 행복했던 적이 없었다. 커다란 언덕 꼭대기에서 그들은 멈췄다. 수레를 몰던 남자가 펄에게 몸을 돌리고 말했다. "이거 봐, 봐!" 그리고 채찍 끝으로 어딘가를 가리켰다.

언덕 아래쪽으로 완벽하게 다른 뭔가가 보였다. — 아주 거대한 양의 푸른 물이 육지로 찬찬히 기어오르고 있었다. 아이는 비명을 지르며 덩치 큰 여자에게 단단히 매달렸다. "이게 뭐야, 이게 뭐야?"

"왜 그래." 여자가 말했다. "이건 바다란다."

"바다가 우리 아프게 할 거야. 지금 오고 있어?"

"아이고, 아니야. 바다는 우리한테 안 와. 아주 아름다운 거야. 다시 봐 보렴."

펄은 바다를 쳐다봤다. "진짜 우리한테 못 오는 거지." 그가 말했다.

"아이고, 안 와. 바다는 항상 제자리에 있어." 덩치 큰 여자가 말했다. 파도 끝자락이 하얗게 피어나며 푸른색을 훌쩍 뛰어넘고 있었다. 펄은 조개껍질을 깐 바닥에 길게 나 있는 육지 오솔길을, 부서지는 파도가 연신 휩쓸고 가는 광경을 보았다. 그들은 모퉁이를 돌아 계속 수레를 달렸다.

바다 가까이에는 작은 집들이 몇 채 지어져 있었다. 집 주변에는 나무판자로 된 울타리가 둘러섰고, 안에는 정원도 딸려 있었다. 그들은 아이를 안심시켰다. 분홍색과 붉은색과 푸른색의 빨랫감이 울타리를 따라 널어져 있었고, 그들이 가까이 다가가자 안에서 더 많은 사람이 나왔다. 길고 가느다란 꼬리를 가진 황구도 다섯 마리나 있었다. 사람들은 전부 뚱뚱했고 소리 내어 웃고 있었다. 홀딱 발가벗은 작은 아기들이 그들 몸에 매달려 안겨 있거나 아니면 작은 강아지들처럼 안뜰에서 데굴거리고 있었다. 누군가 펄을 안아 수레에서 내려 주었고 그를 데리고 방 하나와 베란다가 있을 뿐인 아주 작은 집으로 들어갔다. 그 안에는 제 발치까지 내려오는 긴 검은 머리카락을 양 갈래로 묶은 여자아이가 있었다. 그는 바닥에 저녁을 차리고 있던 참이었다. "이상한 곳이네." 펄을 데리고 온 여자가 아이의 작은 속바지 단추를 편하게 풀어 주는 동안, 펄이 그 예쁜 여자아이를 쳐다보며 말했다. 펄은 굉장히 배가 고팠다. 그는 고기와 채소와 과일을 먹어 치웠고 여자는 초록색 컵에서 우유를 따라 펄에게 건네주었다. 바깥에서 들려오는 바닷소리와 펄을 바라보는 두 여자가 간간이 터뜨리는 웃음소리만 빼면 꽤나 고요했다.

"여기는 상자 같은 집들 없어?" 그가 말했다. "다 똑같이 한 줄로 쭉 줄지어 살지 않아? 남자들은 회사에 가지 않아? 나쁜 일은 아무것도 없어?"

그들은 아이의 신발과 스타킹과, 앞치마와 드레스를 벗겼다. 그는 속치마만 입은 채로 걸어 다니다가 밖으로 나가서 발가락 사이사이 파고드는 잔디를 느끼며 걸었다. 두 여자는 각자 다른 바구니를 들고 따라 나왔다. 그들은 아이의 양손을 잡고 걸었다. 울타리를 넘어 작은 방목장을 지나자 갈색 풀이 군데군데 돋아난 따뜻한 모래밭이 나왔다. 펄은 모래가 젖자 몸을 움츠렸지만, 여자들이 부드럽게 어르며 달랬다. "아무것도 다칠 거 없어, 대단히 아름다운 곳이야. 이리 와 봐." 그들은 모래를 파고 조개껍데기를 몇 개 찾아서 바구니 속으로 집어 던졌다. 모래는 소꿉놀이할 때의 진흙 파이만큼이나 푹 젖어 있었다. 펄은 겁을 낸 일도 까맣게 잊고 함께 모래를 팠다. 그는 더위를 느꼈고 땀과 물기에 푹 젖었다. 갑자기 아이의 발 위로 파도 거품 한 줄기가 닿아 부서졌다. "우와, 우와!" 그는 발을 찰박찰박 구르며 새된 소리를 내질렀다. "너무 좋아, 너무 예뻐!" 얕게 고인 물웅덩이 안에서 그 애가 첨벙거렸다. 따뜻했다. 그는 손을 컵처럼 모아서 물을 조금 떠 올렸다. 하지만 손에 담긴 물은 더 이상 푸른색이지 않았다. 그 애는 너무나 기쁘고 신이 나서 자신을 여기 데려와 준 여자에게 달려가 작고 가느다란 양팔로 목을 휘감으며 끌어안고, 입을 맞추었다…….

갑자기 여자아이가 겁에 질린 비명을 질렀다. 여자는 불쑥 몸을 일으켰고 펄은 모래 위로 미끄러졌다. 그러고는 육지 쪽에 시선을 주었다. 푸른 겉옷을 입은 작은 남자들이 — 작고 푸른 남자들이 달려온다, 그를 향해, 고함과 호루라기 소리를 빽빽 내며 — 상자처럼 일렬로 똑같이 늘어선 집으로 그 애를 다시 데려가려는 작고 푸른 남자들 한 무리가, 이쪽으로 뛰어오고 있었다.

브뤼주[11]로 향하는 여행

"사십오 분 남았습니다." 짐꾼이 말했다. "거의 한 시간 정도나 남았네요. 짐은 보관소에 맡겨 두세요, 아가씨."

어느 독일인 일가족이 보관소 카운터 앞의 공간을 다 차지한 채로 서 있었다. 그들의 짐은 빈틈이라곤 없이 단추로 꼭꼭 여며져서 마치 캔버스로 만든 바지를 입은 괴상한 다리통 모양을 하고 있었다. 뾰족한 침봉처럼 마르고 조그만 몸집의 한 젊은 성직자가 내 팔꿈치께에 서 있었다. 그의 검은색 예복 칼라가 셔츠 앞섶까지 넘나들며 펄럭댔다. 우리는 기다리고 또 기다렸지만 보관소 직원은 그 독일인 가족을 물리치지 못했다. 그들은 그에게, 짐에다 그토록 많은 단추를 달아 두는 장점에 대해서 열정 넘치는 몸짓으로 계속 설명하는 듯했다. 마침내 그 일당 중 아내가 자기 짐 꾸러미를 집어 들더니 급기야 짐을 풀어헤치기 시작했다. 어깨를 들썩이면서 직원은 내게로 몸을 돌렸다. "어디까지 가세요?" 그가 물었다.

11 Bruges. 벨기에 서북부 지역의 도시. '브뤼헤'라고도 부른다.

"오스텐트[12]요."

"짐을 왜 여기다 맡기시나요?" 나는 대답했다. "오래 기다려야 하거든요."

그가 외쳤다. "기차는 2시 20분에 와요. 여기 맡기시면 안 좋을 텐데. 어이, 거기! 짐 빼요!"

내 짐꾼은 짐을 묶었다. 그때 이런 상황을 듣고 있던 성직자가 내게 환한 미소를 지으며 말했다. "기차 와 있습니다." 그가 말했다. "진짜로요. 이제 시간이 얼마 없겠는데요." 나의 민감한 육감이 그의 눈 안에서 어떤 상징적인 느낌을 불러일으켰다. 나는 책방으로 달렸다. 다시 돌아왔을 때 나는 내 짐꾼을 잃어버렸다. 성가신 열기 속에서 나는 플랫폼을 이리저리 누비며 뛰어다녔다. 나만 빼고 온 세상의 여행객들이 각자 필요한 짐꾼과 그 감사한 영광을 누리고 있는 것만 같았다. 분노로 엉망진창이 된 형편없는 몰골의 나를 그들이 측은히 바라보고 있음을 감지했다. 그건 자신보다 훨씬 더 더위에 시달리는 사람들을 보며 가지는, 무더운 사람들의 환희였다. "이런 날씨에 그렇게 뛰어다니다가는 기절할 수도 있어요." 어느 통통한 부인이 작별 선물로 받은 포도를 먹으며 말했다. 그러고 나서 나는 기차가 아직 도착하지 않았다는 소식을 듣게 되었다. 나는 포크스톤 기차역 전체를 오르내리며 뛰어다녔다. 위층 플랫폼에서 나는 여행 가방을 깔고 앉아 있는 내 짐꾼을 발견했다.

"그렇게 돌아다니고 계실 줄 알았어요." 그는 아무 일도 없었다는 듯 가볍게 말했다.

12 Ostend. 브뤼주 근처의 북해 연안 지역.

"그만 찾으라고 거의 말하러 갈 뻔했죠. 여기서부터 쭉 보고 있었어요."

나는 네 명의 젊은 남자들과 흡연 객실에 들렀다. 그들 중 두 사람이 지팡이를 든 창백한 얼굴의 젊은이에게 고별 인사를 남기고 있었다. "아, 잘 있어, 오랜 친구. 여기까지 와 주다니 눈물 나게 고맙다. 너일 줄 알았지. 그 구부정한 자세를 기억하고 있다니까. 자, 이제 봐라. 우리가 다시 돌아오면 다 같이 근사하게 하룻밤 내내 노는 거야. 그렇지? 이렇게 와 주다니 정말 끝내주게 멋지다, 너 말이야." 이 말을 한 사람은 매사에 과장이 넘치는 어느 열광주의자였는데, 기차가 역을 빠져나가자 그는 담뱃불을 붙이고 일행에게로 돌아서며 말했다. "인성은 아주 좋은 친구지, 하지만 — 주여 — 어찌나 지루한 인간인지!" 일행은 머리부터 발끝까지 두더지 털 같은 잿빛 차림이었는데, 심지어 양말과 머리 색까지도 회색인 모습으로 슬며시 미소를 지었다. 나는 그의 뇌까지도 같은 색이리라고 생각했다. 그는 상대방이 무슨 얘기를 하든 굉장히 온화하고 공감하는 태도로 잘 들어주는 사람이었고, 충분히 인정을 받은 듯한 모양이었다. 내 맞은편에는 아름다운 외모의 젊은 프랑스 남자가 앉아 있었는데, 머리카락은 곱슬하게 물결쳤고 은색 물고기 모양 장식품이 달랑거리는 시곗줄, 반지, 은빛 구두 그리고 메달을 하나 착용하고 있었다. 그는 앉아 있는 내내 희미하게 코를 씰룩대며 창밖을 바라보았다. 객실 내의 나머지 부분을 굳이 말하자면, 그 남자의 짐 뒤쪽으로는 황갈색 신발 한 켤레와 《스나크》 여름호 한 부 빼고는 아무것도 보이지 않았다.

"이거 봐, 친구." '열광주의자'가 말했다. "나는 우리가 갈

곳들을 다 바꾸고 싶어. 네가 짜 두었던 계획 말이야. — 그것들 그냥 다 생략하고 싶다고. 그래도 괜찮겠어?"

"괜찮아." '두더지'가 말했다. "하지만 왜?"

"그게, 어젯밤에 자면서 좀 생각을 해 봤는데, 우리가 원하지도 않으면서 15실링이나 돈을 내고 가는 의미가, 아무리 죽었다 깨나도 없어 보이는 거야. 무슨 말인지 알겠어?" 두더지는 코에 걸친 안경을 벗더니 유리알에 입김을 불었다. "자, 너를 심란하게 하고 싶지는 않아." 열광주의자가 계속 말했다. "왜냐하면, 어쨌든, 네 파티니까 — 네가 날 부른 거잖아. 무엇으로든 그걸 흐트러뜨리고 싶진 않아, 하지만 — 그렇잖아 — 알지 — 뭔지?"

두더지가 넌지시 말했다. "너를 외국까지 데려갔다고 사람들이 나를 우스워할 게 좀 겁이 나네."

상대방은 곧장 그 남자에게 자신이 얼마나 인기 있게 잘 팔리는 사람인지 쏘아붙였다. 가까이 있든 멀리 있든, 사람들은 8월 한 달 내내 일정을 가득 채워 두고 그에게 초대 편지를 쓰며 함께 해 달라고 애원했단다. 그는 영국 전역에 무수히 퍼져 있는, 자신을 기다리는 수많은 사람들의 집과 그들이 그를 위해 비워 둔 의자들의 수를 하나하나 주워섬기며 두더지의 마음을 쥐어짜 내듯 들볶았다. 마침내 두더지가 비참한 울음을 터뜨리거나 아니면 지쳐서 자러 가거나, 둘 중에서 뭘 할지를 신중하게 고를 때까지 말이다. 두더지는 후자를 선택했다.

그들 모두는 자러 갔다. 젊은 프랑스 남자만 제외하고. 그는 따스하고 먼지 가득한 시골 풍경을 바라보면서 코트에서 작은 문고본 책을 꺼내 무릎 위에 조심스럽게 얹었다. 숀클리프[13]에서 기차는 멈췄다. 죽음처럼 고요하다. 거대하고 창백한 공동묘지 말고는 아무것도 볼만한 게 없었다. 늦은 오후 햇살 아래 묘지의 모습은 장관이었다. 대리석으로 조각한 천사 전신상들이, 갈색 들판 위에서, 결국 고인이 되고 만 사람들로 붐비는 숀클리프의 우울한 소풍에 한자리씩 차지하고 끼어든 듯 보였다. 흰 나비 한 마리가 철로를 넘어 날아갔다. 역에서 빠져나왔을 무렵, 나는 《애서니엄》[14]의 광고 포스터를 봤다. 열광주의자는 끙끙대는 소리를 내고 늘어지게 하품을 했으며, 바지 주머니에 든 돈을 짤랑댔다. 그는 그런 행위를 통해 한바탕 몸을 떨면서 자신의 의식과 존재를 되찾았다. 또 두더지의 갈비뼈 부근에다가 툭툭 가벼운 주먹질을 했다. "내가 볼 땐, 거의 다 온 것 같은데! 그 끔찍한 골프채들 좀 선반에서 내려다 줄래?" 나는 눈앞에 닥친 두더지의 미래를 구경하고 싶어서 죽을 지경이었지만 그 남자는 명랑했고, 도버에 도착하면 내게 짐꾼을 하나 찾아 주겠다고 제안했다. 그리고 내 담요에다 파라솔을 잘 묶어서 고정해 주기까지 했다. 우리는 바다를 보았다. "항해는 아주 거칠고 난리도 아닐 거야." 열광주의자가 말했다. "감이 오는 것 같지, 그렇지 않아? 이것 봐, 내가 뱃멀미에 도움이 되는 정보를 하나 아는데, 바로 이거예요. 등을 바닥에 대고 누워서 — 아주 평평하게 — 알죠, 얼굴을 가리고, 오직 비스킷만 먹어 대는 거야."

"도버행!" 경비원이 외쳤다.

배로 이어지는 갑판 통로를 건넘으로써, 우리는 공식적으

13 Shorncliffe. 켄트 포크스톤 지역에 있는 군사 보루. 군인 묘지가 있다.

14 Athenaeum. 1828년에 창간된 런던의 주간 문예 평론지.

로 영국 땅에서 벗어났다. 노골적이고 뻔뻔하기 그지없는 태도의 영국 여자[15]가 하찮은 실력의 프랑스어를 더듬더듬 내뱉었다. 우리는 갑판에서 서로에게 "실부플레."[16] 했고, 계단에서는 "메르시."[17] 했고, 또 술집에서는 우리 마음이 만족할 때까지 계속 "빠흐동."[18]이라고 말했다. 승무원 한 사람이 계단 맨 아래쪽에 서 있었다. 통통하고 험상궂은 인상의 여자였는데, 얼굴에는 우묵하게 팬 마마 자국이 있었고, 업무용으로 어울리는 간소한 앞치마 아래 양손을 넣어 감추고 있었다. 우리가 보내는 거수경례에 일부러 꾸며 낸 듯 무심한 태도로 반응했다. 한 입 거리도 안 되는 가소로운 사냥감을 정신적으로 꾸짖기라도 하듯이. 나는 모자를 벗으려고 객실로 내려갔다. 어느 노부인이 이미 거기에 자리를 잡고 있었다.

그는 장밋빛과 흰색이 뒤섞인 소파에 누워서 검정 숄을 몸에 두른 채 검은 깃털 부채로 부채질을 했다. 희게 센 머리카락은 레이스 모자에 반쯤 가려져 있었고, 축 늘어진 검은색 숄과 장밋빛 베개를 베고 있는 얼굴은 고풍스러운 구세계에서 온, 이를테면 구태의연한 자긍심으로 빛나고 있었다. 희미하게 옷감이 스치는 소리, 그리고 장뇌와 라벤더 향기가 노부인 주변에 감돌았다. 그녀를 바라보다가 어쩐지 렘브란트를 떠올리고, 모종의 이유에서 아나톨 프랑스[19]까지 생각하

15 화자 스스로를 익살스럽게 일컫는 표현일 수도 있다.

16 S'il vous plaît'd. 프랑스어로 '부탁합니다.'에 해당하는 'S'il vous plaît.' 뒤에 영어의 과거형 'd를 덧붙여서 프랑스어를 영어와 뒤섞어 엉터리로 사용했음을 암시한다.

17 Merci'd. 프랑스어로 '감사합니다.'에 해당하는 말.

18 Pardon'd. 프랑스어로 '미안합니다.'에 해당하는 말.

고 있을 때, 서둘러 다가온 승무원이 그녀 팔꿈치께에 캔버스 천으로 된 둥근 의자를 받치고 그 위에 신문 한 장을 깔개 대용으로 펼쳤다. 그러고는 빵 굽는 냄비처럼 생긴 그릇 하나를 쾅 소리가 나도록 재빠르게 갖다 댔다. 나는 갑판 위로 올라갔다. 바다는 연신 파도가 치는 밝은 녹색이었다. 프랑스의 모든 미인들과 한껏 인공적으로 꾸민 꽃들은 저마다 모자를 벗고 베일로 머리를 감싸고 있었다. 수많은 젊은 독일 남자들이 거의 잠옷이나 다름없이 헐렁하고 볼품없게 재단한 밝은색 정장 속에 그들 특유의 육중한 몸집을 감싼 채 갑판 위를 산책하듯 거닐었다. 가족 단위로 여행하는 프랑스인들은 — 여자들은 의자에 앉아 있었고, 남자들은 우아한 태도로 배의 옆면에 기대어 있었다. — 뭔가 꼬인 듯한 저항감을 드러내는 재기 발랄한 어투로 벌써 한창 이야기 중이었다! 나는 흰색 벽 옆에서 의자 하나를 발견했지만, 불행히도 거기에는 호기심 넘치는 사람들에게 끝없는 즐거움을 선사하기 위한 창문이 뚫려 있었다. 내부에서 이 창문을 통해 밖을 내다보면, 대담하고 용감한 정신으로 호기롭게 앞으로 '전진'하다가 거대하게 무너지는 파도에 몸이 흠뻑 젖고 물보라에 때려 맞기까지 하는 사람들을 구경할 수 있었다. 첫 삼십 분 동안에는 파도 물기에 젖어 버리거나 제발 조심하라는 간청을 받거나, 특히 위험한 지점들을 마구 돌아다니다가 다시 붙들려 돌아와 시끌벅적하게 수건으로 물기를 닦아 내는 일이 모든 재미의 핵심이었다.

19 Anatole France(1844~1924): 프랑스의 시인, 소설가, 평론가. 합리주의와 회의주의 관점에서 사회 비판적 작품들을 남겼으며, 1921년 노벨 문학상을 수상했다.

그러고 나면 흥은 시들해졌다. — 군데군데 모여 있던 사람들은 조금씩 입을 다물고 침묵에 빠져들었다. 그들이 골똘히 바다를 쳐다보는 모습이 눈에 들어오리라. — 그리고 하품을 하는 모습까지도. 그들의 태도는 점점 차갑고 퉁명스러워졌다. 갑자기 흰 양털 후드에 체리색 리본을 단 젊은 여자가 자리에서 일어나 몸을 이리저리 기우뚱대며 난간 쪽으로 향했다. 우리는 희미한 동정심을 느끼며 그를 바라봤다. 그와 함께 앉아 있던 젊은 남자가 여자를 불렀다.

"좀 나아졌어?" 부정문이 뒤따랐다.

남자는 자리에서 일어났다. "머리 좀 잡아 줄까?"

"아니." 그녀의 어깨가 말했다.

"주변에 코트라도 둘러 줘? 이제 다 끝난 거야? 거기 계속 남아 있을 거야?" 남자는 한없이 다정한 눈빛으로 여자를 바라보았다. 나는 두 번 다시 남자들의 공감 능력이 떨어진다고 말하지 않겠노라 결심했고, 세상 모든 것을 극복하는 위대한 사랑의 힘을 내가 죽는 그날까지 믿어 의심하지 않으리라 다짐했다. — 그 사랑을 시험하지는 말지어다. 나는 자러 내려갔다.

나는 나이 든 부인 맞은편에 누워서, 천장을 이리저리 배회하는 그림자들과 둥근 창문으로 튀기며 반짝이는 파도 물방울들을 바라봤다.

아무리 짧은 항해라 해도 그 기간 동안에는 시간이 흘러간다는 감각이 없다. 객실에 몇 시간이 아니라 며칠 또는 몇 년을 있었는지도 모르게 돼 버린다. 아무도 그 사실을 알지 못했고 신경도 쓰지 않았다. 객실 내의 모든 사람을 잘 알다 못해 무관심해질 지경에 이른다. 더 이상은 마른 육지의 존재를 믿지 못하게 되는 것이다. — 앞뒤를 오가는 시계추 자체에 붙들려서 거기 남겨진 채, 아무 생각 없이 흔들리고 있을 뿐. 불빛이 희미해지다가 꺼졌다.

나는 잠들었다가 문득 깨어나 승무원이 내 몸을 흔들고 있음을 발견했다. "이 분 후면 도착합니다." 여자가 말했다. 고독하고 황망한 숙녀들, 넵튠[20]의 포옹에서 간신히 벗어난 그들은 각자 바닥에 무릎을 꿇고 앉아 자기들이 벗어 놓은 신발과 머리핀 등을 찾아 헤맸다. — 나이 들고 우아한 귀부인만이 변함없이 수동적인 모습으로 누워서 부채질을 하고 있었다. 그런 그가 나를 바라보더니 미소를 지었다.

"하나님께 감사하게도, 드디어 끝났네요."[21] 그의 떨리는 목소리가 얼마나 곱고 아름답던지, 마치 레이스 실 한 가닥에다 대고 목소리를 울리는 것 같았다.

나는 눈을 위로 치켜떴다. "맞아요, 이제 끝났어요!"[22]

"스트라스부르로 가시는 길인가요, 젊은 부인께서는?"[23]

"아니요." 나는 말했다. "브뤼주로 가요."

"거참 유감이군요." 부인은 부채와 함께 대화를 탁 접어 치워 버리며 말했다. 나는 이유를 알 수 없었지만, 나는 기묘한 환상에 빠져들었다. 가령 그 부인과 같은 객차를 타고 이동하면서, 검은색 숄로 잘 감싸 주고, 그래서 그녀가 나를 아끼다 못해 사랑에 푹 빠져서 무한한 거액의 돈과 명품 레이스까

20 Neptune. 고대 로마 신화의 바다를 다스리는 신.

21 "Grâce de Dieu, c'est fini." 프랑스어로 말하고 있다.

22 "Oui, c'est fini!" 프랑스어로 말하고 있다.

23 "Vous allez à Strasbourg, Madame?" 프랑스어로 말하고 있다.

지도 물려주는 환상을 말이다……. 잠에 취한 생각들은 갑판 위에 도착할 때까지 나를 사로잡으려는 듯 계속 쫓아왔다.

하늘은 짙은 푸른색이었고, 엄청나게 많은 별들이 반짝이고 있었다. 우리가 탄 작은 배는 청명한 공기 가운데 검고 날카롭게 서 있었다. "표 있으세요? ……네, 표가 있어야 된답니다……. 표 미리 준비하세요!" 우리는 배와 육지 사이 통로에 바짝 비좁게 서서, 세관으로 인도되었다. 거기서 짐꾼들이 우리 짐 가방들을 긴 널빤지 위에 번쩍 들어 올려놓았고, 뿔테 안경을 낀 늙은 남자 하나가 아무 말 없이 가방을 검사했다.

"따라오세요!" 세속의 재물을 부여받은, 야비하게도 생겨먹은 얼굴의 녀석이 고함을 쳤다. 그 남자는 철도 선로로 훌쩍 뛰어들었고, 나도 그를 따라 뛰었다. 그는 플랫폼을 따라 경주하듯 승객들과 과일 수레를 밀치며 신나게 내달렸는데, 영화 장면의 흔한 공식이라도 외우고 있는 듯 익숙함이 배어났다. 나는 자리를 하나 마련했고, 포도와 녹색 자두를 좌판에 깔아 둔 작은 가게로 과일을 좀 사러 갔다. 배에서 본 노부인이 거기 있었다. 체격이 큰 금발 남자에게 기댄 채로 팔짱을 끼고 있었는데, 남자는 백색 슈트에 맵시 있게 늘어뜨린 넥타이를 매고 있었다. 우리는 가볍게 묵례했다.

"나, 이거 사 줘요." 그녀가 우아한 목소리로 말했다. "햄샌드위치 세 개만, 내 사랑!"

"그리고 케이크도 사야지." 그가 말했다.

"그래, 어쩌면 레모네이드 한 병도."

'연애는 정말 악몽이다!' 나는 그런 생각을 하며 객차 안으로 기어 올라왔다. 기차가 날쌔게 역을 빠져나갔다. 열린 창문으로 불어 들어온 바람에서 신선한 나뭇잎 냄새가 났다. 어둠 속에 이따금 갑작스럽게 섬광이 번뜩였다. 내가 브뤼주에 도착하자 정차를 알리는 종소리가 울렸고, 둥실 떠오른 달이 그랑플라스[24] 위를 하얗고 신비롭게 비췄다.

24 Grand Place. 브뤼주의 중심 광장.

진실한 모험

“열정적인 여행자의 시선 앞에 펼쳐지는 작은 마을은 곳곳에 흐르는 운하가 은색 실로 수놓인 듯 고색창연한 태피스트리 같은 모습이다. 종탑에서 아름답게 울리는 종소리가 음악적인 운치를 더해 준다. 브뤼주에서 인생은 깊고 고요한 잠에 빠져 있다. 오직 환상적인 꿈결만이 이 지역의 종탑과 중세 양식으로 지어진 집들을 따라 숨 쉬며 여행자의 시선을 매료시키고, 영혼에 영감을 불어넣는 동시에 짙은 사색의 미학으로 마음을 가득 채워 준다.”

호텔 응접실에서 주인 여자를 기다리는 동안 들춰 본 여행 안내서에서 내가 읽었던 문장이다. 그건 엄청나게 위안을 주는 말처럼 들렸고, 수천 장이 넘는 잿빛 도시 풍경을 포장지 삼아 그 아래 잠들어 버릴 것만 같던 나의 지친 마음이 다시 깨어나서 기쁨으로 뛰노는 듯했다……. 나는 최소한 여기서 한 달 정도 버틸 수 있을 만큼 옷을 충분히 챙겨 왔는지 생각해 봤다. ‘있는 동안 내내 꿈꾸는 듯 지내야지.’ 나는 생각했다. ‘조각배를 타고 운하를 떠다니면서, 아니면 물가에 아무렇게나 자란 녹색 덤불에 밧줄을 묶어 배를 댄 뒤에 중세풍으로 건축된 집들을 흠뻑 취하듯 감상할 테야. 저녁 종이 칠 무렵에는 베긴회 수도원 들판에 길게 자라난 잔디 위에 누워서 느릅나무들을 올려다봐야지. — 황금빛 햇살에 닿아 푸른 공기 속에서 전율하는 나무 잎사귀들을 — 작은 예배당에서 입을 모아 기도문을 외우는 수녀들의 목소리에 귀를 기울이며, 겨우내 나를 지탱해 줄 만한 은총을 충분히 가득 채워 갈 거야.'

갓 돋아난 믿음의 깃털들을 천사의 날개로 삼아 내 마음이 장엄하게 치솟을 무렵, 주인이 들어오더니 호텔에는 내게 줄 만한 방이 남아 있지 않다고 말했다. — 여분의 침대 하나도, 외딴 구석 방 하나도 없다고 말이다. 그녀의 태도는 굉장히 친밀하기 그지없었고, 지금 내게 알려 주는 그 사실에 은밀한 재미마저 느끼고 있는 것 같았다. 그는 마치 내가 기쁨의 웃음을 크게 터뜨리기를 기대하는 눈치로 나를 바라봤다. "내일은요." 그가 말했다. "내일은 어쩌면 있을 거예요. 어느 젊은 신사분이 급병이 나는 바람에 11호실에서 퇴실하실 것 같거든. 그분 지금 약국에 가 있는데, 혹시 방 한번 둘러보실래요?"

"전혀 그러고 싶지 않은데요." 내가 말했다. "내일도 그렇고요. 갑자기 병이 도졌다는 사람이 쓰던 침실에서 자고 싶은 마음 없어요."

"하지만 그분은 가고 없으실 텐데요." 주인이 푸른 눈을 크게 치켜떴고, 영국인 귀에는 마치 마법을 거는 주문처럼 느껴지는 프랑스식 허물없는 태도로 웃으면서 말했다. 나는 그에게 감사하다고 말하기도, 아니면 항의하며 따지고 들기도 내키지 않을 만큼 피곤하고 허기진 상태였다. "그러면 혹시 다른 호텔이라도 추천해 주시겠어요?"

"불가능하죠!" 그녀는 고개를 저으며 위쪽을 응시한 채 천장의 푸른 리본 무늬를 마음속으로 헤아리는 듯했다. "그게, 지금은 브뤼주가 한참 성수기고요, 사람들은 하루 이틀 짧게는 방을 세놓으려 하지 않거든요." — 그녀는 우리 사이에 놓인 나의 작은 여행 가방에 아예 눈길조차 주지 않았다. 내가 우울한 눈빛으로 가방을 바라보는 동안, 그것은 절박한 마음 탓인지 더 조그맣게 축소되어 보였다. — 급기야 접는 칫솔 하나밖에 넣지 못할 정도로 작아진 듯했다.

"저의 큰 가방은 역에 있어요." 나는 장갑 단추를 채우며 차갑게 말했다.

주인이 말을 시작했다. "짐이 더 있으시군요……. 그렇다면 혹시, 브뤼주에서 장기 체류하실 생각이신가요?"

"최소 이 주 — 어쩌면 한 달까지도요." 나는 어깨를 으쓱해 보였다.

"잠시만요." 주인이 말했다. "제가 해 드릴 수 있을 만한 게 있는지 봐야겠군요." 그녀는 사라졌다. 사실 문을 열고 나가자마자 그냥 바로 되돌아온 게 아닌가 싶었다. 왜냐면 그는 즉시 다시 모습을 드러냈고, 자신의 사택 방 한 채를 쓰게 해 줄 수 있노라고 말했기 때문이다. — "여기서 모퉁이만 돌면 바로 나오는 집이에요. 나이 든 하인이 관리하고 있는데, 그 여자가 한쪽 눈이 좀 흐리긴 해도 십오 년이나 함께 우리 집 가족들과 일했죠. 짐꾼이 거기까지 짐을 옮겨다 드릴 거고, 가시기 전에 여기서 저녁 드시고 가세요."

나는 식당의 유일한 손님이었다. 피로한 웨이터가 오믈렛과 커피 한 포트를 가져다주고는, 사이드보드 탁자에 기댄 채로 내가 먹는 모습을 지켜봤다. 그의 팔에 걸려서 축 늘어진 테이블 냅킨이 그 인물의 본질을 상징적으로 드러내 주고 있는 듯했다. 식당 곳곳에 걸린 거울들은 무수히 텅 빈 테이블들과, 빤히 쳐다보는 웨이터들과, 오믈렛에서 슬픈 위안을 얻으며 벌써 종탑에서 세 차례 연속 커다랗게 울려 퍼지는 멘델스존의 「봄의 노래」[25] 박자에 맞춰 커피를 홀짝이는 고독한 여자를 비춰 주고 있었다.

"준비되셨나요, 부인?" 웨이터가 물었다. "제가 부인의 짐을 옮겨 드릴 겁니다."

"그럼요."

그는 어깨에 끙 하고 여행 가방을 둘러메고는 저벅저벅 앞장서 갔다. — 우리가 지나쳐 가는 작은 도로변 카페들에 자리 잡은 남자와 여자 들은 맥주잔과 엽서를 내려놓고 우리를 뚫어져라 쳐다봤다. 덧문을 꼭꼭 닫은 집들로 가득한 좁은 거리를 지나 반 아이크 광장을 가로질러, 붉은 벽돌로 지은 집에 도착했다. 집안의 보물처럼 아낌을 받는다는, 한쪽 눈이 흐린 하녀가 문을 열어 주었다. 그가 손에 든 촛대는 꼭 미니어처 프라이팬처럼 보였다. 모든 자초지종을 설명하기 전까지, 그녀는 우리를 완강히 거부했다.

"됐어, 알았다고요."[26] 그녀가 말했다. "장, 5번 손님!"

그녀는 바삐 계단을 올라가서 문을 열더니 침대 옆 테이

25 Spring Song(Frühlingslied). 독일 태생의 작곡가 펠릭스 멘델스존(Felix Mendelssohn, 1809~1847)의 작품집 「무언가(Lieder ohne Worte)」의 수록곡.

26 "C'est ça, c'est ça." 프랑스어로 말하고 있다.

블에 또 다른 미니어처 프라이팬을 두고 불을 밝혔다. 방은 분홍빛 벽지로 도배되어 있었고, 침대도 분홍색에, 문도 의자도 분홍색이었다. 벽난로 위 분홍색 덮개에는 뒤룩뒤룩 살이 찐 아기 천사들이 입에 트럼펫을 문 채, 분홍색 알껍데기를 깨고 튀어나오는 그림이 그려져 있었다. 하녀가 내게 뜨거운 맹물 한 잔을 가져다주었다. 나는 문을 닫고 잠갔다. "브뤼주에 드디어 왔구나." 나는 침대로 기어 들어가며 생각했다. 침대를 덮고 있는 얇은 리넨 천이 어찌나 매끄럽던지, 마치 얼음처럼 차가운 호수에서 헤엄치려고 애쓰는 물고기가 된 듯한 기분이었다. 그리고 나이 지긋하고 '판에 박인 태도를 지닌' 하녀를 둔 이처럼 고요한 집이라니! — 그 어둡고 묵직한 나무들로 둘러싸인, 하얀 동상이 서 있던 반 아이크 광장은 또 어떻고! — 꼭 베를렌[27]의 시구 한두 마디가 떠오를 것만 같은 인상을 주는 게 아닌가…….

쾅! 하는 문소리가 났다. 나는 공포에 질려 벌떡 일어나 촛대가 어디 있는지 찾았다. 가만 보니 갑작스러운 소란의 진원지는 내 옆방이었다. "아! 겨우 집에 돌아왔네." 여자 목소리가 들렸다. "오 하나님, 발이 아파 죽겠어! 여보, 마리한테 가서 주석 대야에다 뜨거운 물을 덥혀 오라고 말해 줄래요?"

"아니, 그건 과하지." 우렁우렁 울리는 목소리가 대답했다. "당신 오늘 벌써 세 차례나 발을 씻었잖아."

"내가 얼마나 고통스러운지 당신은 몰라서 그래. 염증이

27 프랑스의 상징주의 시인 폴 마리 베를렌(Paul-Marie Verlaine, 1844~1896)을 가리킨다. 베를렌의 시를 언급하며 저자가 의도한 분위기는 『Poèmes saturniens』(1866)에 수록된 「Mélancholia III: Après trois ans」이나 『Fêtes galantes』(1869)에 수록된 「Clair de Lune」과 같은 작품에서 찾아볼 수 있다.

꽤 심하다고. 좀 봐요!"

"이미 세 번이나 들여다봤어. 나도 피곤해. 제발 그냥 침대에 좀 누웁시다."

"소용없다니까. 잠을 잘 수가 없어. 아이고, 하나님 아버지, 하나님이시여. 여자로 사는 게 왜 이리 힘든지!" 옷을 벗는 소리와 함께 우악스러운 코웃음 소리가 뒤따랐다.

"그러면, 내가 아침까지 아무 소리 않고 기다리면 그때는 박물관에 끌고 가지 않겠다고 약속해 줄래요?"

"그래, 그래요. 약속할게."

"정말로 진짜?"

"그렇다고 했잖아."

"내가 당신 말 믿어도 되나?"

끙 하는 신음이 길게 났다.

"그런 소리 내 봤자 웃기기만 하거든요. 어제저녁에도 오늘 아침에도 똑같이 말해 놓고 약속을 어긴 거, 당신 자신도 알잖아."

……오직 한 가지 방법밖에는 없었다. 나는 옆방 낯선 사람들의 불쾌하고 과분하게 야단스러운 언행에 주의를 줘야겠다는 의미로 크게 헛기침을 하고 목을 가다듬었다. 마법처럼 효과가 있었다. 그들의 대화 소리는 순식간에 작은 속삭임으로 줄어들었고 오직 여자 목소리만 들려왔다! 나는 잠에 빠졌다.

'조각배를 대여해 주는 곳들이 있습니다. 보트를 타고 북부의 베네치아를 방문해 보세요. 사람들에게 많이 알려지지 않은, 매력적인 골목들을 탐방해 보세요.' 내 머릿속에 달라붙은 여행 안내서의 문구들을 떠올리면서, 나는 가게로 들어가 보트 한 척을 요구했다. "조그만 카누 있나요?"

"아니요, 아가씨. 하지만 작은 보트는 있습니다. 딱 적절해요."

"저 혼자 타고 가서 제가 원할 때 반납하고 싶은데요."

"이곳에 와 보셨던 적이 있으신가요?"

"아니요."

가게 주인은 어리둥절한 눈치였다. "여기가 처음이신 젊은 아가씨가 안내인도 없이 혼자 가시는 건 좀 위험해요."

"그러면 안내인이 노만 젓고 입은 다물고, 관광 명소에 대해서 제게 아무런 설명도 해 주지 않는다는 조건으로 같이 가겠어요."

"하지만 다리들을 지나갈 때 이름을 아셔야 하잖아요?" 주인장이 안타깝게 외쳤다. "아름답기로 유명한 대가들의 건축은요?"

나는 배를 대는 곳으로 뛰어갔다. "피에르, 피에르!" 뱃사공이 불렀다. 건장한 체구의 젊은 벨기에 사람이 다양한 카펫 조각들과 붉은 공단으로 된 베개를 한 아름 안고 나타나더니, 자신의 전리품들을 거대한 배 안에 와르르 쏟아 냈다. 선착장 위쪽 다리에는 군중 한 무리가 모여서 배가 출발하는 광경을 구경하고 있었다. 내가 자리를 정하고 앉자마자 위층 난간에 기대어 있던 어느 뚱뚱한 커플 한 쌍이 황급히 계단을 뛰어 내려왔다. 그들도 이 배를 타고 함께 가야만 하겠다고 우겼다. "그럼요, 물론이죠." 피에르는 매력적이고 우아한 태도로 부인 쪽의 손을 잡아 주며 말했다. "이 아가씨도 괜찮다고 하실 거예요." 그들은 선미쯤에 앉았고, 신사가 부인의 손을 잡았다. 우리는 '은빛 리본들'[28]처럼 복잡하게 꼬인 수로를 헤맸다. 그동안 피에르는 가슴을 활짝 펴고, 자신감 넘치는 라틴계 사람들 특유의 의기양양한 방종과 도락을 섞어 가며 브뤼주의 아름다운 명소들을 줄줄이 읊어 댔다. "이쪽으로 고개를 돌려 보세요, — 왼쪽으로요, — 오른쪽으로 — 자, 잠시 기다리세요, — 다리를 올려다보세요, — 이 집의 경관을 살펴보세요. 아가씨께서는 '사랑의 호수'[29]를 보고 싶으신가요?"

나는 멍하니 넋이 나간 사람처럼 있었다. 그러자 나 대신 뚱뚱한 커플이 대답해 주었다.

"그러면 다들 배에서 내리셔야겠네요."

우리는 자그마한 선착장으로 가까이 노를 저어 갔다. 우리는 물가 덤불에 손을 뻗어 붙잡았고, 나는 배에서 훌쩍 뛰어내렸다. "자, 선생님 차례요." 신사도 성공적으로 내 뒤를 따랐다. 그러고는 강둑에 무릎을 꿇고, 자기 지팡이의 구부러진 손잡이 쪽을 부인에게 내밀었다. 그녀는 미소를 지으며 활발하게 일어서서 지팡이를 꽉 붙잡더니 배 쪽을 향해 밀어내듯 힘을 주었다. 그다음 순간, 그대로 물에 풍덩 빠져 버리고 말았다. "아! 이게 무슨 일이야. 이게 무슨 일이람!" 남편이 비명을 지르며 그녀의 팔을 붙들었다. 물은 깊지 않았고, 고작 그녀 허리께까지 올 정도였다. 어떻게든 우리는 그녀를 물고기처럼 건져 올려서 강둑으로 끌어냈다. 부인은 강둑에 주저앉아 헉헉대며 숨을 쉬었고, 흠뻑 젖은 검은색 알파카 모직 치마를

28 앞에서 저자는 브뤼주의 풍경을 태피스트리에 비유하며, 복잡한 운하를 은색 자수 리본이라 표현했다.

29 Lac d'Amour. 브뤼주의 호수. '사랑의 호수'라는 별칭으로 불린다.

쥐어짰다.

“이제 다 괜찮아요. 그냥 작은 사고일 뿐!” 그녀가 놀랍도록 명랑한 태도로 말했다.

하지만 피에르는 머리끝까지 화가 나 있었다. “이게 다 ‘사랑의 호수’를 보고 싶다고 안달하던 아가씨 때문입니다.” 그는 말했다. “부인께서는 들판을 쭉 걸어가면 나오는 맞은편 카페에서 뭔가 따뜻한 걸 드시는 편이 나을 것 같네요.”

“아니에요, 그럴 필요 없어요.” 부인은 그렇게 말했지만 남편도 피에르를 거들었다.

“아가씨는 우리가 돌아올 때까지 기다리세요.” 내가 미워서 어쩔 줄 모르겠다는 듯 피에르가 말했다. 나는 고개를 끄덕이고 등을 돌렸다. 부인이 들판 잔디밭에 나동그라져 뒤뚱거리는 모습은 마치 거대하고 볼썽사나운 오리 같아서 웃음이 터져 나올 지경이었기 때문이다. 펄럭거리는 천을 덧댄 조잡한 배나 타고 다니는 여행에서, 불시에 터져 나오는 이러한 웃음 역시 진심 어린 공감과 동정의 일부임을 이해해 주는 세련된 사람들을 만나게 되리라고 기대할 수는 없으리라. 그들이 시야에서 사라지자마자 나는 할 수 있는 한 빨리 들판을 가로질러, 울타리 아래를 기어서 빠져나왔다. 두 번 다시는 ‘사랑의 호수’ 근처에도 가지 않으리라. ‘내가 물에 빠졌다고 여기거나, 자기들 마음대로 상상하라지.’ 나는 생각했다. ‘아주 평생을 두고 기억날 만큼 운하라면 충분히 구경했어.’

저녁 종이 칠 무렵 베긴회 수도원 들판을 둘러보니 몇 무리의 화가들이 곳곳에 삼삼오오 흩어져서 저마다 가늘고 긴 다리의 이젤을 하나씩 세워 놓고 있었다. 그 이젤들조차도 각자 개성을 보유하고 있는 듯 보였고, 오래도록 길게 이어지는 화가들의 시선에 미완성으로 화답하며, 그들의 지난한 노력에 저항하는 뻔뻔한 모습으로 서 있었다. 젊은 영국인 여자들은 화환으로 장식한 모자를 쓰고 있는데, 젊은 미국인 남자들을 만나게 되리라는 기대를 모자와 함께 품고 있는 듯했다. 흥겨움과 '동지애', 즉 일종의 '세상은 우리의 반짝이는 놀이터야.' 같은 정신으로 자신들의 영혼을 표현한다. — 이론적으로 말하자면 유쾌한 태도를 갖추었다는 얘기다. 그들은 서로를 큰 소리로 불러 젖히며, 청춘 시절 특유의 천진난만하고 어리숙한 모습으로 담배와 과일과 초콜릿 따위를 던지면서 논다. 그동안 여러 관광객 무리가, 예배당 출입구 그늘에 숨어서 그들을 노리던 어느 노파의 마수에서 간신히 빠져나온 듯한 모습을 하고 있었다. 그러고는 화가들의 이젤 앞에서 "보고 표현하며, '이게 누구의 작품이지?'라고 말하느라"[30] 생각에 잠긴 발걸음을 멈춰 서곤 한다.

나는 스케치북을 가져오지 않았다고 자책하며 나무 한 그루 아래 누워 있었다. — 밝은 공중을 선회하다 이따금 활공해 내려오는 칼새들을 바라보고, 잔디밭 위에서 쉬는 갈색 개들 모두가 이 젊은 화가들의 반려견인지 궁금히 여기고 있을 때, 두 사람이 내 옆을 지나갔다. 한 남자와 여자였는데, 둘 다 같은 책 한 권에 머리를 푹 처박고 있었다. 그들 걸음걸이에는 어딘가 희미하게 친숙한 데가 있었다. 갑자기 그들이 나를 내려다보았다. — 우리는 서로를 빤히 쳐다봤고 — 입을 쩍 벌

30 "see and remark, and say whose?" 미국의 시인 월트 휘트먼(Walt Whitman, 1819~1892)의 작품 「나 자신의 노래(Song of Myself)」(1855)에 나오는 구절.

렸다. 여자가 나를 내리 덮치듯 끌어안았고 남자는 티 없이 깔끔한 밀짚모자를 벗어서 왼쪽 팔 아래 끼웠다.

"캐서린! 어쩌면 이런 별일이 다 있어! 이게 몇 년 만이야, 믿을 수가 없구나!" 여자가 소리 높여 말하며 남자에게로 몸을 돌렸다. "가이, 믿겨? 캐서린이야. 온 세상천지를 두고 여기 브뤼주에서 이렇게 마주치다니!"

"이럴 수도 있지, 뭘 그래?" 나는 산뜻하게 밝은 태도로, 그리고 그녀의 이름을 기억하려고 안간힘을 쓰며 말했다.

"하지만, 얘, 마지막으로 우리가 만났을 때는 뉴질랜드였잖아. 여기서 얼마나 멀리 떨어진 곳인지 생각해 봐!"

아, 당연히 그렇지. 그녀는 베티 싱클레어였다. 나는 그녀와 같이 학교를 다녔었다.

"너 어디서 묵고 있어, 여기 온 지 오래됐니? 아, 너는 하나도 안 변했다. 그때랑 단 하루도 지나지 않은 것 같아. 어디서든 한눈에 알아봤을 거야."

그녀는 젊은 남자를 손짓해 부르더니, 마치 지금부터 하게 될 말이 부끄러운 일인 양, 그러나 어쨌든 직면해야 하는 일이라도 되는 것처럼 얼굴을 붉혔다. "이 사람은 내 남편이야." 우리는 악수를 했다. 그는 자리에 앉아 풀잎을 하나 뽑아서 잔뿌리를 질겅질겅 씹었다. 베티가 흥분으로 가빠진 숨을 고르면서 내 손을 꼭 쥐는 동안 고요한 침묵이 우리를 짓눌렀다.

"난 네가 결혼한 줄 몰랐어." 나는 멍청이처럼 말했다.

"어머, 얘, 아기도 있는걸!" 베티가 말했다. "우리는 지금 영국에 살고 있어. 그게 말이야, 난 여성 참정권 운동에 온 힘을 다 쏟고 있거든."

가이가 입에서 풀잎을 떼어 냈다. "저희를 지지하는 입장이신가요?" 그가 열정적으로 물었다.

나는 고개를 가로저었다. 그는 다시 풀잎을 씹으며 눈을 가늘게 떴다.

"그러면 이게 기회야." 베티가 말했다. "얘, 너 얼마나 오래 여기 머물 계획이야? 우리 같이 다니면서 엄청 많은 얘기를 해야겠어. 가이랑 나는 지금 신혼여행 중인 게 아니라서, 종종 다른 사람들과 함께 시간 보내는 걸 정말 좋아하거든."

'정복자 영웅이 오시는 것을 보라!'[31] 하는 소리를 내며 종탑이 뎅뎅 울렸다.

"유감스럽게도 나는 곧 집으로 돌아가야 해. 급히 확인해야 할 편지가 와 있거든."

"아쉬워라! 브뤼주는 온갖 유물과 교회와 명화 들로 가득한 곳이라는 거 너도 알지. 오늘 밤 그랑플라스에서 야외 연주회가 있고, 내일부터는 일주일 내내 타종 대회가 열리는데."

"난 정말 가 봐야 해." 내가 어찌나 단호하게 말했는지 영혼의 귓가에는 위엄 넘치는 행진곡이 들렸을 정도였다. 아마 종탑의 종소리를 들었기 때문이겠지.

"하지만 이 고풍스러운 거리에서 잔뜩 풍겨 오는 유럽식 향취를 좀 느껴 봐, 그리고 근사하게 짜인 레이스는 또 어떻고 — 우리가 함께 다니며 구경할 수만 있다면 — 우리 셋이서 그 모든 것들을 흠뻑 즐긴다면 참 좋을 텐데." 나는 한숨을 쉬고 아랫입술을 깨물었다.

31 "See the Conquering Hero Comes!" 작곡가 헨델(George Frideric Handel, 1685~1759)의 오라토리오 「유다스 마카베우스(Judas Maccabaeus)」(1746)에 나오는 구절.

"투표권 의제에 반대하시는 이유가 뭐죠?" 가이가 물었다. 그는 수녀들이 나무 틈새를 지나 일렬로 곱게 걸어 나가는 모습을 바라보고 있었다.

"나는 네가 여성들의 미래에 대해 아주 날카로울 정도로 깊이 생각하고 있다는 느낌을 항상 받았었는데." 베티가 말했다. "그러지 말고 오늘 밤 우리랑 같이 저녁 먹자. 그에 관한 모든 주제를 다 철저히 토의해 보자고. 알지, 런던에서의 팍팍한 삶을 겪고 나면, 이 구세계 도시에서는 새삼 다른 관점으로 사물을 보게 되는 것 같거든."

"아, 정말로 다른 관점이긴 하지." 나는 가이의 주머니에서 나타난 아주 친숙한 안내 책자를 발견하고는 고개를 가로저으며 대답했다.

새 드레스들

카스필드 부인과 그녀 어머니는 식당 탁자에 앉아서 거의 완성된 초록색 캐시미어 드레스 두 벌에 마지막 손질을 하고 있었다. 드레스는 바로 다음 날 어린 카스필드 두 자매가 연녹색 허리끈에, 리본 꼬리를 길게 늘인 밀짚모자까지 한 세트로 맞춰서 교회에 입고 갈 것이었다. 카스필드 부인은 그 일에 간절히 공을 들여 왔다. 오늘 밤 정당 모임에 참석하러 간 헨리는 밤늦게나 들어올 예정이었으므로, 그녀와 나이 든 어머니 둘이서만 식당을 독차지한 채, 그녀의 표현을 빌리자면 '평화롭게 마구 어질러 댈 수 있는' 기회였던 것이다. 식탁을 덮고 있던 빨간 천은 벗겨져 있었고 — 결혼 선물로 들어왔던 재봉틀, 갈색 작업용 바구니, 문제의 '원단'과 참고 자료로 찢어 낸 패션 잡지 쪼가리가 자리 잡고 있었다. 카스필드 부인은 녹색 실이 도중에 동나 버릴까 봐 두려웠기 때문에 천천히 재봉틀을 작동시켰다. 만약 자신이 실을 한 번에 조금씩만 신중하게 사용한다면 오히려 약간 더 남을지도 모른다는, 하도 여러 번 생각해서 아예 지쳐 버린 희망을 다시금 품었다. 나이 든 여자는 흔들의자에 앉아 있었다. 그녀의 치마는 뒤쪽으로 돌아가 있었고, 펠트 슬리퍼를 신은 발은 무릎 방석에 놓여 있었다. 그는 재봉틀에서 빠져나온 실들을 묶고, 드레스 두 벌의 목과 소매에 폭이 좁은 레이스를 꿰매 달고 있었다. 가스등이 깜박였다. 이따금 노인은 등불을 올려다보면서 말하곤 했다. "배관에 물기가 있어서 저렇다, 앤. 그게 문제인 거야." 그러고 나서는 묵묵히 있다가 잠시 후 곧이어 똑같은 말을 했다. "배관에 물이 찬 게 틀림없어, 앤." 그리고 또다시, 꽤 힘찬 어조로 덧붙인다. "정말 저 안에 물이 있다니까! 확실해."

앤은 재봉틀을 향해 얼굴을 찌푸렸다. '어머니가 저렇게 똑같은 말을 계속 되풀이하는 거 — 아주 끔찍할 정도로 내 신경을 긁는다니까.' 그녀는 생각했다. '그리고 도대체 말을 해 봤자 상황은 하나도 나아지지 않는데 항상 저래……. 나이가 들어서 저런가 보지! 하지만 정말 짜증 난다.' 그녀는 큰 소리로 말했다. "어머니, 여기 로즈 드레스에는 여분의 밑단을 크게 넣을 거예요. — 최근 그 애 다리가 얼마나 쭉쭉 자라는지 몰라. 그리고 헬렌 드레스 소매에는 레이스 달지 말아요. 그래야 둘이 각자 자기 옷을 구분하지. 게다가 헬렌은 온갖 지저분한 걸 꼭 손으로 건드리고 만져 대잖아요, 조심성이라곤 없이."

"어차피 레이스는 충분히 있는걸." 노인이 말했다. "헬렌 거는 살짝 위쪽에 달지, 뭐." 그녀는 앤이 도대체 왜 그렇게 헬렌을 구박하는지 생각해 보았다. — 헨리도 마찬가지였다. 그들은 마치 일부러 헬렌의 감정을 상하게 하고 싶어 하는 듯 보였다. — 구분을 짓는다는 건 그저 핑계일 뿐이었다.

"글쎄." 카스필드 부인이 말했다. "오늘 밤에 헬렌 옷을 벗졌을 때 어머니가 그 꼴을 못 봐서 그래요. 일주일 동안 입은 옷이 아주 맨 위부터 아래까지 온통 새까맣더라니까. 또 걔 눈 앞에서 바로 로즈가 입었던 옷이랑 비교해 보이는데도 애가 그냥 어깨만 들썩하고 마는 거야. 걔가 항상 습관적으로 하는 그 보기 싫은 버릇, 어머니도 알죠. 말까지 막 더듬어 대기 시작한다니까. 걔 말 더듬는 거 때문에 정말 내가 맬컴 의사 선생님께 상담받으러 간다고 해야겠어, 그냥 겁이라도 확 집어 먹으라고. 아마 학교에서 남들도 그러니까 관심을 받으려고 따라 하는 거겠죠. — 사실은 충분히 안 그럴 수 있으면서."

"앤, 예전부터 그 애한테 말 더듬는 버릇이 있었다는 거 너도 알잖니. 너도 걔 나이 때 딱 그랬었어. 애가 성격이 예민해서 그런 거야." 노인은 안경을 벗어서 입김을 분 뒤에, 재봉 앞치마 한쪽 자락으로 안경알을 닦았다.

"어휴, 걔 스스로 그렇게 상상하며 핑계로 삼는 것만큼 해로운 일도 없겠네요." 앤이 초록색 의상 중 하나를 들어서 털고 바늘로 주름을 잡으며 대답했다. "걔는 로즈랑 똑같은 대우를 받고 있어요. 그리고 우리 막내[32]도 얼마나 순한데요. 내가 오늘 처음으로 막내를 흔들 목마에 앉혔을 때 어머니도 그 애를 봤어요? 너무 좋아서 까르륵거리는 모습이 어찌나 귀엽던지. 고 녀석은 매일 제 아버지를 똑같이 닮아 가요."

"그래, 아주 빼다 박은 카스필드네 자손이더라." 노인이 고개를 끄덕이며 동의했다.

"그런데 또 헬렌이 어디가 마음에 안 드냐면." 앤이 말했다. "막내를 대하는 방식이 아주 이상해요. 막내를 빤히 쳐다

32 막내 아기는 이름 대신 "the Boy"라는 애칭으로 불리고 있다.

보다가 깜짝 놀래 주면서 매일 겁을 준다니까. 막내가 갓난이였을 때, 아기 반응이 궁금하다며 헬렌이 애 우유병을 종종 빼앗았던 거 어머니도 기억하죠? 로즈는 제 어린 동생을 아주 완벽하게 잘 보살피는데 — 하지만 헬렌은……."

노인이 작업하던 옷가지를 식탁 위에 내려놓았다. 그들 주변에 짧은 침묵이 맴돌았다. 그 침묵을 뚫고 식당 시계의 초침 소리가 째깍째깍 크게 울렸다. 그녀는 앤과 헨리가 헬렌을 대하는 방식에 대해, 그들이 헬렌을 학대하고 망쳐 놓는 행동에 대해, 자신이 어떻게 느끼는지 속마음을 몽땅 털어놓고 싶었다. 하지만 초침 소리가 그녀의 집중력을 흩트려 놓았다. 그녀는 제대로 된 말을 떠올리지 못하고, 그저 바보처럼 제자리에 앉아 있었다. 그녀 머릿속도 식당 시계에 맞춰서 째깍거릴 뿐이었다.

"저 시계 소리 정말 시끄럽구나." 그녀가 겨우 끄집어낸 말은 이게 전부였다.

'아, 어머니가 또 저러시는군. 툭하면 대화 주제에서 벗어난 엉뚱한 소리만 해 대고 — 나한테 아무 도움이나 격려도 주지 않잖아.' 앤은 생각했다. 그녀는 시계를 쳐다봤다.

"어머니, 그 옷 다 끝냈으면 주방에 가서 커피 좀 끓여 오실래요? 햄도 한 조각 잘라 오시든가. 헨리가 곧 들어오겠어요. 저 혼자서 두 번째 드레스 거의 다 끝내 가니까." 그녀는 드레스를 꼼꼼히 살펴보려고 치켜들었다. "정말 예쁘게 잘 됐지 않아요? 애들이 이걸 한 이 년은 족히 입어야 할 텐데. 학교 갈 때도 입을 수 있겠어요. 길이를 좀 늘이고, 어쩌면 염색을 새로 해서."

"좀 더 비싼 천으로 하길 잘했지! 그렇지?" 노인이 말했다.

식당에 혼자 남겨지자 앤의 눈살은 더 깊이 찌푸려졌고 입가는 아래로 처졌다. — 코에서 턱까지 선명하게 팔자 주름이 잡혔다. 그녀는 깊이 숨을 들이마시고 머리카락을 뒤로 젖혔다. 방 안에는 도무지 숨 쉴 공기가 남아 있지 않은 것처럼 느껴졌고, 그녀는 질식할 듯 갑갑함을 느꼈다. 그리고 헬렌을 위해 섬세한 재봉 작업을 하느라 신경을 곤두세우고 몸을 축낸다는 게 정말 쓸모없는 일 같았다. 아이들을 키우기란 절대 끝나지 않는 일이지, 그런다고 애들이 딱히 고마워하는 것도 전혀 없고 말이야, — 로즈는 말고 — 그 애는 예외적으로 착실한 애니까. 어머니의 고령을 실감하게 하는 또 다른 징후는 유독 헬렌만 감싸고도느라 안달인 바로 저 불합리한 관점이었다. 그 주제만 나오면 어찌나 '까다롭고 예민하게' 구시는지. 이거 하나만은 꼭 내 뜻대로 밀고 나가야겠어, 카스필드 부인은 스스로 다짐했다. 헬렌이 막내를 건드리지 못하게 확실히 떼어 놓기로 결심한 것이다. 막내는 제 아버지의 민감한 성품을 그대로 닮아서, 인정머리 없는 바깥 영향력이 미칠 때마다 너무나 크게 휘둘린다니까. 여자애들이 낮 동안 종일 학교에 가 있다는 게 어찌나 다행인지!

마침내 완성된 드레스들은 의자 등받이에 걸쳐졌다. 그녀는 책장 선반 위에 재봉틀을 다시 올려 두고, 식탁보를 펼쳐서 정돈하고, 창가에 다가섰다. 블라인드가 올려져 있어서 정원 모습을 바로 바라볼 수 있었다. 그렇게 한참을 멍하니 달빛에 비친 풍경을 보고 있었던 모양이다. 그러다 문득 정원 의자 위에서 반짝이는 무언가가 그녀 눈에 들어왔다. 책이다. 그래, 책이 틀림없어. 저렇게 밖에 놔둬서 비와 밤이슬에 흠뻑 젖도록 내버려 두다니. 그녀는 현관 앞 복도로 나가서 방수용 덧신을 신고, 치맛자락을 들어 올린 채 정원으로 뛰어나갔다. 맞아, 그건 책이 맞았다. 그녀는 조심스럽게 그걸 집어 들었다. 벌써 축축하게 젖어 있다. — 물에 불은 표지도 들떠 있는 상태였다. 그녀는 어린 딸이 자신에게서 배웠을 바로 그 습관대로, 난감함에 어깨를 으쓱 들어 올렸다. 풀과 장미 잎사귀 냄새가 그윽하게 풍겨 나오는, 그늘진 정원에 우뚝 서 있는 앤의 마음은 딱딱하게 굳어 갔다. 그때 대문에서 찰칵 소리가 났고, 그녀는 대문에서 현관으로 이어지는 길을 성큼성큼 걸어 들어오는 헨리를 보았다.

"헨리!" 그녀가 불렀다.

"안녕, 여보." 그가 크게 외쳤다. "당신 여기서 뭐 하고 있어……. 하릴없이 달이나 보러 나온 거야, 앤?" 그녀는 앞으로 달려가서 그에게 입을 맞췄다.

"아, 이 책 꼴 좀 봐."[33] 그녀가 말했다. "헬렌이 또 여기에 놔두고 가 버린 거지. 여보, 당신한테서 시가 냄새가 너무 심하게 나는걸요!"

헨리가 말했다. "다른 남자들이랑 같이 있을 때는 시가를 제대로 피워 줘야 해. 만약 나만 안 피우면 모양새가 영 좋지 않거든. 안으로 들어가자, 앤. 당신 옷도 제대로 걸치지 않고 나왔잖아. 책이야 아무려면 어때! 당신 지금 추워서, 여보, 몸이 덜덜 떨리고 있는데." 그는 그녀의 어깨를 팔로 감쌌다. "저기 굴뚝 옆에 달 보여? 참 멋진 밤이지. 세상에! 오늘 내가 사람들의 대환호를 받았잖아. 엄청나게 웃긴 농담을 했거든. 모

33 권위적인 가부장의 억압에 도전하지 못하는 아내의 성격과 상황들을 고려하여 남편인 헨리는 반말, 앤은 존댓말로 번역하였다.

인 사람 중 누가 그러더라고. '삶은 카드 게임과 같다네.' 그리고 내가, 아무 생각도 하지 않고, 바로 뭐라고 얘기를 했는데……." 헨리가 문 앞에 잠시 멈춰 서서 손가락 하나를 들어올렸다. "내가 뭐라고 했냐면……. 나 참, 정확한 말은 잊어버렸는데, 다들 환성을 지르고 난리가 났었어, 여보. 다들 완전히 흥분해서 신나게 고함을 쳐 댔다니까. 아니다, 오늘 밤 침대에 들어가면 내가 무슨 말을 했었는지 기억날 거야. 내가 항상 그러는 거 당신도 알지."

"이 책은 주방으로 가져가서 난로 근처에 두고 말려야겠어요." 앤이 말했다. 그리고 그녀는 젖은 책장을 탁탁 쳐서 물기를 털며 생각했다. '헨리가 또 맥주를 마시고 왔구나. 그렇다면 이이는 내일 소화 불량에 시달리겠지. 오늘 밤 헬렌 이야기를 해 봤자 소용이 없겠어.'

저녁 식사를 끝마치고 나서 헨리는 의자 등받이에 편히 기대어 앉아 이를 쑤셨다. 그리고 자신의 무릎을 두들기며, 앤에게 와서 앉으라고 불렀다.

"우리 여보, 잘 있었어." 그가 무릎에 앉은 아내를 위아래로 들썩이며 말했다. "의자 등받이에 둔 이 희한한 녹색의 잡스러운 것들은 뭐야? 당신이랑 어머니가 대체 무슨 수작을 꾸미고 있는 걸까, 응?"

앤이 대수롭지 않다는 듯, 초록 드레스들을 무심하게 슬쩍 쳐다보며 말했다. "그냥 애들 입을 옷을 좀 지은 것뿐이에요. 주일에 입히려고, 남는 자투리 천으로 만들었죠."

노인이 접시와 컵과 컵 받침을 한꺼번에 겹쳐 치우고는 촛대에 불을 밝혔다.

"난 이만 자러 가야겠다." 그녀가 명랑하게 말했다.

'오, 세상에. 어머니는 어쩌면 저렇게 현명하지 못할까.' 앤은 생각했다. '저렇게 자리를 뜨면 헨리가 의심하잖아. 은근히 불편한 분위기가 감돌 때마다 항상 지레 저러시더라.'

"아뇨, 아직 주무시러 가지 마세요, 어머니." 헨리가 아주 유쾌한 태도로 크게 이야기했다. "과연 어떤 걸 만드셨는지 어디 한번 살펴봐야지." 그녀는 희미한 미소를 지으며 그에게 드레스들을 건네줬다. 헨리가 양 손가락으로 천을 비비대며 문질렀다.

"이게 자투리 천이라고, 그 말이 맞아, 앤? 예전에 우리 어머니가 낡은 다림질 깔개로 만들어 주셨던 내 주일용 바지 같지가 않은데. 이 천은 야드당 얼마나 주고 산 거야, 앤?"

앤이 그에게서 드레스를 받아 치우고는 남편의 조끼 단추를 가지고 놀듯이 만지작거렸다.

"정확한 가격은 몰라도 돼요, 여보. 어머니랑 저는 인색하리만치 조금만 샀거든요. 원래 가격도 굉장히 싼 편이었는데도 말이죠. 대장부들이 고작 옷 같은 것에 뭐 하러 신경을 쓰나요? 오늘 밤 모임에 럼리도 왔었나요?"

"그래, 그 집 아들도 정확히 우리 막내만 한 나이에 약간 안짱다리였었대. 그가 포목상에 막 들어온, 새로운 종류의 어린이용 의자가 있다고 알려 주더군. — 거기 앉아 있는 동안 다리를 똑바로 펴서 교정시킬 수 있대. 그나저나 이번 달치 포목상 청구서는 받아 왔어?"

그녀가 내내 피하고 싶어 하던 순간이 드디어 왔다. — 언젠가는 이 순간을 마주하게 될 줄 알았다. 그녀는 남편 무릎에서 미끄러져 내려오며 하품을 했다.

"아, 이런." 그녀가 말했다. "나도 어머니를 따라 이만 들어가 봐야겠어요. 지금 딱 침대에 누웠으면 좋겠네." 그녀는 헨리를 멍하니 쳐다봤다. "청구서 — 청구서라고 했죠, 당신이 방금? 아, 아침에 찾아볼게요."

"아니야, 앤. 기다려." 헨리가 일어나서 청구서를 모아 두는 찬장으로 다가갔다. "내일은 안 되지, 주일이잖아. 자러 가기 전에 계산을 깨끗이 털어 버리고 싶다고. 저기 앉아 있어, — 저 흔들의자에 — 당신은 굳이 일어나 있을 필요도 없지!"

그녀는 의자에 털썩 주저앉아 은은한 콧노래를 흥얼대기 시작했다. 그동안 그녀의 머릿속은 차갑고 바쁘게 돌아갔고, 눈동자는 찬장 문을 향해 살짝 몸을 굽히고 있는 남편의 널찍한 등에 고정되어 있었다. 그는 문제의 청구서를 찾기까지 한참이나 꾸물거렸다.

'저이는 일부러 날 겁먹고 긴장하게 하려는 거야.' 그녀는 생각했다. '우리가 그 정도는 지불할 능력이 되지! 안 그러면 내가 왜 그랬겠어? 나도 우리 수입이랑 지출 규모를 아는데. 나는 바보가 아니야. 매달 청구서 얘기만 나오면 생지옥이 열리는 것 같아.' 그녀는 위층에 있는 자신의 침대를 떠올렸고, 당장 그곳에 눕고 싶은 간절한 마음을 주체할 수 없었다. 평생 이토록 지쳐 버린 기분을 느낀 적은 처음이라고 그녀는 생각했다.

"여기 있군!" 헨리가 말했다. 그는 청구서 다발이 든 서류철을 탁자 위에 쾅 소리가 나도록 내려놓았다.

"의자에 앉아서 좀 해요……."

"클레이턴: 야드당 5실링인 초록색 캐시미어 7야드 — 35실링." 그는 품목을 두 번이나 반복해서 읽고 — 용지를 반으로 접은 다음 앤에게 몸을 구부렸다. 그의 얼굴은 상기되어 붉으락푸르락했고 거친 숨결에서는 맥주 냄새가 풍겼다. 그녀는 남편이 그런 상태에 있을 때 사물을 어떤 식으로 받아들이는지 정확히 알고 있었고, 눈썹을 들어 올리더니 고개를 끄덕였다.

"그러니까 지금 당신 말은." 헨리가 벌컥 호통을 쳤다. "저기 걸쳐져 있는 저놈의 물건에 35실링이나 들었다는 거야? 고작 애들 주려고 저지레한 저 물건이. 하나님, 세상에! 사람들은 당신이 무슨 백만장자랑 결혼한 줄 알겠어. 그만한 돈이면 늙은 당신 어머니께 혼수까지 해 드릴 수 있을 정도인걸. 당신은 스스로 온 동네 사람들의 웃음거리를 자처하고 있군. 내가 도대체 어떻게 막내 아이의 의자든 뭐든 사 줄 수 있겠냐고! — 내가 뼈 빠지게 벌어 오는 돈을 당신이 이렇게 야금야금 탕진해 버리는데? 나한테 시도 때도 없이 헬렌의 버릇을 제대로 들이는 게 불가능하다고 우겨 대면서, 바로 다음 순간에는 35실링이나 나가는 초록색 캐시미어로 애 옷을 해다 바치다니……."

폭풍 같은 목소리가 계속해서 이어졌다.

'내일 아침이면 그도 진정할 거야, 맥주 기운이 다 빠지고 나면.' 앤은 생각했다. 그리고 지친 몸을 이끌고 침대로 기어오르며 다시, '고급 천인 만큼 튼튼하게 오래간다는 점을 알게 되면, 그도 이해할 거야…….'

화창한 일요일 아침이 밝았다. 헨리와 앤은 그럭저럭 서로 화해를 했고, 아침 식사 시간에 아버지가 친히 쥐여 준 그레이비소스 숟가락으로 아기용 의자의 식판을 쉬지 않고 두

들겨 대는 카스필드 2세의 시끄러운 소리를 들으면서, 교회로 출발할 시간이 올 때까지 식당에 앉아 있었다.

"저 녀석 근력도 참 좋지." 헨리가 자랑스럽게 말했다. "내 시계로 시간을 재 보았는데, 한 번도 멈추지 않고 오 분째 계속 저러고 있단 말씀이야."

"정말 비범하죠." 앤이 장갑 단추를 채우며 말했다. "이제 저 정도면 충분히 오래 숟가락을 가지고 논 것 같은데. 안 그래요, 여보? 저러다 입속에 집어넣을까 봐 너무 겁이 나요."

"아, 내가 쭉 보고 있으니 괜찮아." 헨리가 자그마한 아들을 지켜봤다. "자, 계속하세요, 장군님. 자고로 사내놈들이란 정신없게 소란 피우는 걸 좋아한다고, 어머니한테 말해 줘."

앤은 침묵을 지켰다. 어쨌든 저러고 있다 보면, 곧 아이들이 캐시미어 드레스를 입고 내려왔을 때 거기에 시선을 두진 않겠지. 식당 문이 열리고 나이 든 여자가 나타나더니, 긴 리본이 달린 밀짚모자까지 완벽하게 갖춰 입은 아이들을 안으로 들여보냈다. 그녀는 그 모습을 보며 아이들에게 새 옷을 입었으니 굉장히 조심스럽게 행동해야 한다는 점과 교회에 다녀오자마자 저녁 식사 전까지 곧바로 옷을 갈아입어야 한다는 사실을, 가장 중요한 철칙으로서 그들 마음속에 새겨질 만큼 과연 철저하게 다그쳤는지 아직도 확신하지 못했다. 헬렌의 몸을 거칠게 잡아당기면서 옷을 입히느라 진을 뺄 때, 그 애가 도대체 왜 그렇게 가만히 있지를 못하고 들썩였는지도.

그녀는 황홀한 흥분감을 주체할 수 없었다. 그들은 너무도 호사스럽고 우월하게 보였다. — 로즈는 기도서가 든 분홍색 모직 십자가 자수가 놓인 흰 가방을 들고 있었다. 하지만 그녀는 곧장 무심한 태도를 가장했고, 시간도 늦어서 서둘렀다. 헨리는 애들 옷에 대해서 단 한마디도 지적하지 않았다. 교회로 향하는 내내 그의 바로 앞에서 나란히 손을 잡고 걸어가는, 35실링어치의 옷감들을 지켜보면서도. 앤은 남편의 그런 태도가 매우 관대하고 고상하다고 생각하기로 했다. 그녀는 어깨를 쫙 펴고 걷는 남편의 모습을 쳐다봤다. 검은색 긴 코트를 걸치고 흰색 실크 타이를 슬쩍 드러낸 그의 모습이 얼마나 멋진가! 아이들은 그의 존경스러운 외양에 충분히 어울리는 모습이었다. 그녀는 교회에서 그의 손을 꼭 쥐었고, 무언의 압박을 통해 다음과 같은 말을 전하려 했다. '바로 당신을 위해 제가 저 드레스들을 만든 거예요. 물론 당신은 그걸 이해할 수 없겠죠. 하지만 정말이에요, 헨리.' 그리고 그녀는 그런 자신의 말을 온전히 믿었다.

집으로 돌아오는 길에 카스필드 일가는 의사인 맬컴 선생과 마주쳤다. 그는 나무 지팡이를 입에 문 검둥개를 산책시키던 중이었다. 맬컴 선생은 발걸음을 멈추고 막내 아기의 안부를 어찌나 똑소리 나게 묻던지, 헨리는 그를 저녁 식사에 초대했다.

"저희 집에 오셔서 식사나 하시면서, 오신 김에 우리 막내도 직접 봐 주시죠." 그가 말했고, 맬컴 선생은 초대에 응했다. 의사 선생은 헨리 옆에서 나란히 걸으며 어깨 너머로 외쳤다. "헬렌, 우리 강아지 좀 지켜봐 주련, 알겠지. 그 지팡이를 삼키지 않도록 잘 봐 줘야 한다. 그걸 삼키면 그 녀석 입에서 나무 한 그루가 자라나게 되거나, 혹은 나무처럼 뻣뻣해진 녀석 꼬리에 맞고 네가 주님의 왕국을 보고 오게 될지도 모르니까 말이야!"

"아, 맬컴 선생님도 참!" 헬렌이 웃음을 터뜨리며 개를 향해 몸을 구부렸다. "가자, 강아지야. 그만 물고 이리 줘, 아이고 착하다!"

"헬렌, 네 드레스!" 앤이 경고했다.

"정말 화사하니 예쁘네요." 맬컴 선생이 말했다. "오늘 아주 최고로 멋진데요, 이 두 아가씨께서."

"뭐, 원래 로즈한테 잘 받는 색상이긴 하죠." 앤이 말했다.

"얘 안색이 헬렌보다 훨씬 생기가 돌거든요."

로즈가 자랑스럽게 얼굴을 붉혔다. 맬컴 선생의 눈이 반짝 빛났고, 그는 로즈가 마치 양상추 샐러드에 든 토마토처럼 보인다는 말을 내뱉기 직전에, 가까스로 자신을 제어하는 데 성공했다.

'저 애는 응석 부리는 버릇과 자만심을 좀 낮춰야겠군.' 그는 속으로 생각했다. '몇 번을 봐도 나는 헬렌이 더 마음에 든다. 언젠가는 저 아이도 스스로 독립할 날이 오겠지. 그러고 나면 저들에게 그동안 참아 왔던 본때를 보여 주게 될 거다.'

그들이 집에 도착했을 때 막내는 낮잠을 자고 있었고, 맬컴 선생은 헬렌에게 정원을 안내해 준다면 참 좋겠다고 부탁했다. 헨리는 스스로의 관대한 제안을 살짝 후회하고 있었던 참이라 기쁘게 승낙했고, 앤은 하녀 아이를 면접하려고 주방으로 들어갔다.

"엄마, 나도 가서 그레이비소스 맛볼래." 로즈가 졸라 댔다.

'나 참!' 맬컴 선생이 입속말로 중얼거렸다. '냉큼 가 버리라지.'

그는 정원 벤치에 자리를 잡고 앉았다. — 맨발을 드러내고 모자도 벗어 버리고서는, 그렇게 해가 '두 번째 곡물을 키워 낼 기회'를 주는 거라고 헬렌에게 농담했다.

그 애는 진지하게 물었다. "맬컴 선생님, 제 드레스가 정말 예쁘다고 생각하세요?"

"물론이지요, 아가씨. 너는 그렇게 생각하지 않니?"

"아, 그럼요. 태어날 때도 죽을 때도 이 드레스를 입고 싶을 만큼요. 하지만 너무 성가셔요, 옷을 입을 때요. 세게 잡아당겨지면 안 되고, 절대로 하면 안 되는 일도 너무 많고요. 만약 이 옷이 상하기라도 하면, 분명히 어머니가 절 죽이고 말 거예요. 교회에서도 계속 방석 없이 속치마만 댄 채 무릎을 꿇고 있었단 말이에요, 무릎 방석에 쌓인 먼지가 드레스에 묻을까 봐."

"심각하구나!" 맬컴 선생이 헬렌을 향해 기가 찬다는 듯 눈을 굴려 보이며 말했다.

"아, 훨씬 더 심해요." 아이가 말했다. 그러더니 와락 웃음을 터뜨리고 소리를 꽥 질렀다. "생지옥이 따로 없다고요!" 아이는 잔디 위에서 경쾌하게 춤추듯 움직였다.

"조심하렴. 어른들이 들으시겠다, 헬렌."

"어휴, 됐어요! 낡고 더러운 캐시미어 천일 뿐인데, 이런 말 들어도 싸. 여기 직접 와 보지 않으면 내가 어디 있는지도 모를걸요. 그러니 상관없어요. 그냥 어른들이랑 같이 있으면 기분이 우습고 이상해져요."

"저녁 식사 전에 그 화려한 옷을 갈아입어야 하지 않을까."

"아니죠, 선생님이 여기 계시니까."

"역시나 내 예상대로군!" 맬컴 선생이 끙 하는 신음을 냈다.

정원으로 커피를 내왔다. 하녀 아이가 등나무 의자를 몇 개 가지고 나왔고, 막내가 앉아 있을 깔개도 바닥에 깔았다.

아이들은 멀찍이 떨어져서 놀고 오라는 명령을 받았다.

"맬컴 선생님을 귀찮게 해 드리지 마라, 헬렌." 헨리가 말했다. "하다 하다 이젠 가족도 아닌 분한테까지, 전염병을 퍼뜨리듯 괴롭히면 안 된다." 헬렌은 불만스럽게 입을 쭉 내밀고, 마음의 위안을 얻고자 그네가 있는 곳까지 발을 질질 끌며 걸어갔다. 그네를 타고 하늘 높이 몸을 띄우면서, 헬렌은 맬컴 선생님이 이 세상에서 가장 잘생긴 남자라고 생각했다. 그리고 뒷마당에 있는 그의 개가, 조금 전에 갖다준 뼈다귀 한 접시를 모두 다 먹어 치웠는지 궁금해졌다. 직접 가서 살펴봐야겠다고 마음먹었다. 그 애는 그네 타던 속도를 조금 늦추고 공중에서 훌쩍 뛰어내렸다. 몸에 찰싹 달라붙어 있던 치마가 마침 튀어나온 못에 걸렸다. — 날카롭게 옷감 찢어지는 소리가 들렸다. — 아이는 재빠르게 다른 사람들한테 시선을 던졌다. — 그들은 눈치채지 못했다. 그러고 나서 옷을 쳐다보았다. 거기에는 손 하나가 쉬이 통과할 만큼 거대한 구멍이 뚫려 있었다. 아이는 겁을 집어먹지도 속상해하지도 않았다. '가서 옷을 갈아입어야겠다.' 그렇게 생각했다.

"헬렌, 너 어디 가니?" 앤이 불렀다.

"책 가지러 집 안에 가요."

노인은 아이가 제 치마를 이상하게 움켜쥐고 있음을 눈치챘다. 그 애의 속치마 끈도 풀린 채로 튀어나와 있는 게 분명했다. 하지만 그녀는 아무 말도 하지 않았다. 침실에 들어서자 헬렌은 옷 단추를 풀고 드레스에서 빠져나왔다. 그다음에 어떻게 해야 할지 생각했다. 어딘가에 숨겨 둬야 하나? 아이는 방 전체를 찬찬히 살펴보았다. 안전할 만한 곳은 아무 데도 없었다. 장롱 맨 위 칸만 빼면 — 그러나 의자를 딛고 올라선 상태에서도 그렇게 높이까지는 옷을 던져 넣을 수 없었다. — 초록 드레스는 계속 그 애의 머리 위로 다시 떨어져 내렸다. — 그놈의 끔찍하고 지긋지긋한 물건 같으니. 그러다 침대 기둥 끝에 걸린 학교 책가방을 보고 나서 아이의 눈동자가 환히 빛났다. 학교에서 착용하는 앞치마에 둘둘 만 채로 — 드레스를 가방 맨 밑에 구겨 넣고 위쪽에는 필통을 얹어 두었다. 책가방만큼은 절대 찾아보지 않을 것이다. 아이는 매일 입는 드레스로 갈아입고 다시 정원으로 돌아왔다. — 하지만 책을 가지고 나오는 걸 깜박 잊고 말았다.

"아하." 앤이 비꼬는 미소를 지으며 말했다. "맬컴 선생님이 와 계셔서 그러나, 애가 안 하던 짓을 다 하고! 어머니, 좀 보세요. 말하지도 않았는데 헬렌이 혼자 알아서 옷을 갈아입었네요."

"이리 오렴, 아가. 옷 제대로 입자."

그녀는 헬렌에게 속삭였다. "드레스는 어디에 갖다 뒀니?"

"침대 옆에 놔뒀어요. 옷 벗었던 바로 거기." 헬렌이 노래하듯이 대답했다.

맬컴 선생은 상업 종사자들이 아들들에게 시켜 줄 수 있는 공교육의 이점들에 대해 헨리에게 한창 이야기를 하던 참이었지만, 자기 눈앞에서 벌어지는 그 장면에 시선을 두었다. 그리고 헬렌을 지켜보면서, 그는 어떤 수상한 낌새를 느꼈다. — 하멜른의 쥐들을 떠올리게 하는 그런 낌새 말이다.[34]

34 "he smelt a rat — smelt a Hamelin tribe of them." 원문을 직역하면 '그는 쥐 냄새를 맡았다.'지만 '뭔가 수상한 기운을 감지하다, 거짓말을 하고 있음을 눈

혼란과 실망과 분노가 널리 창궐했다. 갓 지어 낸 초록 캐시미어 드레스 두 벌 중 한 벌이 사라져 버린 것이다. — 땅으로 꺼진 듯 감쪽같이 — 헬렌이 그것을 벗어 두고, 어린이들이 식사하던 시간 동안, 멀쩡한 옷 한 벌이 온데간데없이 실종되어 버렸다.

"정확히 어디 뒀는지 보여 줘 봐." 카스필드 부인이 스무 번이나 똑같은 말을 하며 힐난했다. "헬렌, 사실대로 말해라."

"엄마, 정말 맹세해요. 바닥 위에 벗어 둔 그대로 놔뒀다고요."

"옷이 그 자리에 없는데 맹세는 해서 뭘 하니. 누가 훔쳐 갔을 리도 없잖아!"

"옷을 갈아입으러 왔을 때, 흰색 모자를 쓴 어떤 이상한 남자가 도로변을 오가면서 창문 쪽을 빤히 쳐다보고 있는 걸 보긴 했어요." 앤은 날카로운 눈으로 딸을 노려보았다.

"얘, 지금." 그녀가 말했다. "네가 거짓말하고 있는 거 엄마는 알아."

그녀는 노인에게로 몸을 돌리고 어쩐지 자만심과 기쁨에 들뜬 만족감이 뒤섞인 목소리로 말했다.

"들으셨죠, 어머니! 이 말도 안 되는 헛소리를?"

치채다.'의 의미로 풀이된다. '쥐'라는 명사에 착안하여 작가는 「하멜른의 피리 부는 사나이」 민담을 비유적으로 겹쳐 놓고 있다. 민담은 중세 독일 하멜른 지방에서 역병을 퍼뜨리던 쥐 떼를 몰아내기 위해 고용된 사나이가 마법 피리로 쥐들을 유인하여 모두 강물에 익사시키는 데 성공하지만, 마을 사람들이 보수를 주지 않자 다시 피리를 불어서 이번에는 쥐 대신 마을의 모든 아이를 데리고 사라졌다는 내용이다. 앞서 헬렌을 '역병(plague)'에 비유했던 헨리의 말과도 이어진다.

그들이 침대 발치에 가까이 다가섰을 때 헬렌은 얼굴을 붉혔고 그들에게서 고개를 홱 돌렸다. 다시 한 번 아이는 '내가 찢었어요, 내가 찢어 먹었다고요.'라고 외치고 싶어졌다. 그리고 자신이 그 말을 내뱉었을 때 그들의 경악하는 표정을 본다면 좋겠다고 상상했다. 마치 일어나서 옷을 갈아입고 있는 듯 꿈을 꾸지만 실제로는 여전히 침대에 누워 잠들어 있을 때처럼. 하지만 피로한 저녁이 흘러갈수록 아이는 점점 아무것도 신경 쓰지 않게 되었다. — 그 애를 기쁘게 하는 건 오직 한 가지 사실뿐이었다. — 어쨌든 밤이 되면 사람들은 자러 갈 수밖에 없다는 것. 아이는 창문을 통해 비쳐 들어오는, 깔개 없는 놀이방 바닥에 커튼 같은 무늬를 만들어 내는, 밝게 빛나는 햇살을 광포하게 응시했다. 그러고 나서 헬렌은 로즈를 쳐다봤다. 로즈는 물을 가득 채운 달걀 컵을 홀로 차지한 채, 놀이방 탁자에 앉아서 글자 교본에 색칠 놀이를 하는 중이었다.

마지막으로 헨리가 아이들 침실을 방문했다. 그 애는 아버지가 삐걱대는 바닥 소리를 내며 방으로 들어오는 인기척을 듣고서 이불 아래 몸을 숨겼다. 하지만 로즈가 배신했다.

"헬렌은 안 자고 있대요." 로즈가 피리 불듯 높고 새된 목소리로 말했다.

헨리는 침대 옆쪽에 걸터앉아 콧수염을 잡아당겼다.

"오늘이 주일만 아니었다면, 헬렌. 너는 당장 채찍으로 맞았을 거다. 하지만 어쨌든 주일이고, 나는 내일 아침 일찍 출근해야 하니까. 내일 저녁 먹고 나서 몇 대 맞아야겠구나……. 내 말 들었니?"

아이는 끄응 하고 앓는 소리를 냈다.

"너는 아버지와 어머니를 사랑하는 딸이지, 안 그러냐?"

대답은 없었다.

로즈가 발을 뻗어 헬렌을 푹 찔렀다.

"그러면." 헨리가 깊은 한숨을 쉬었다. "최소한 예수님은 사랑하겠지?"

"로즈가 발톱으로 제 다리를 할퀴었어요." 헬렌이 대답했다.

헨리는 방에서 성큼성큼 걸어 나와 자신의 침대 위로 아무렇게나 몸을 내던졌다. 그가 밖에서 신고 돌아다니던 부츠를 벗지도 않은 채, 빳빳하게 풀을 먹인 베개 받침 위로 발을 올려놓았음을 앤은 눈치챘다. 그러나 남편이 워낙 피로해서 꼼짝달싹도 하기 어려운 상태인 듯 보였기에 그녀는 조심스럽게 항의해 볼 엄두조차 내지 못했다. 노인도 침실에 함께 있었다. 그는 앤의 빗에 껴 있던 머리카락을 멍하니 솎아 내던 중이었다. 헨리는 그들에게 방에서 있었던 이야기를 전했고, 참담한 소식에 결국 앤이 눈물을 쏟고 마는 모습을 보며 내심 흐뭇함을 느꼈다.

"다음 주 토요일에 목욕을 시키고 나면 로즈 발톱을 잘라 줘야겠네." 노인이 한마디 덧붙였다.

한밤중에 헨리는 팔꿈치로 카스필드 부인을 쿡 찔러 깨웠다.

"무슨 생각이 하나 들었는데." 그가 말했다. "이 일의 배후에 맬컴이 있다는 거야."

"아니…… 어떻게…… 왜…… 어디……. 배후가 뭐라고요?"

"그 망할 녹색 드레스들 말이야."

"그럴 수도 있겠네요." 그녀는 꺼질 듯한 말소리로 웅얼거리며 속으로 생각했다. '만약 내가 저런 멍청한 소리나 하려고 이 밤에 그이를 깨웠다면, 그가 얼마나 분노로 길길이 날뛰었을지 상상해 봐!'

"카스필드 부인이 댁에 계시니." 맬컴 선생이 물었다.

"아니요, 선생님. 지금 외출 중이십니다." 하녀 아이가 대답했다.

"카스필드 씨는 계시고?"

"아, 아니요, 선생님. 주인께서는 낮 동안 절대 집에 오시지 않아요."

"응접실로 안내해 주렴."

하녀 아이는 응접실 문을 열어 주면서 의사가 들고 있는 가방에 비스듬한 시선을 주었다. 그녀는 그가 가방을 현관에 두고 가면 좋겠다고 바랐다. — 물론 하녀 아이는 그걸 직접 열어 본 적도 없고, 단지 겉모양만 보고 그런 느낌을 받기는 했지만 말이다……. 하지만 의사 선생은 계속 가방을 손에 쥐고 있었다.

노인은 무릎에 뜨개질감을 올려놓은 채로 응접실에 앉아 있었다. 머리가 뒤로 푹 젖혀져 있었고 — 입은 쩍 벌어져 있었다. 그녀는 조용히 코를 골며 잠들어 있는 상태였다. 의사 선생이 다가오는 발걸음 소리에 반짝 잠에서 깨어난 노인이 비뚤어진 모자를 바로 썼다.

"아, 의사 선생님 — 정말, 나를 깜짝 놀라게 하셨네. 헨리가 앤에게 작은 카나리아 다섯 마리를 사 주는 꿈을 꿨지 뭐예요. 부디, 자리에 앉으세요!"

"아니, 괜찮습니다. 할머니께서 혼자 계실 때 뵐 기회일까 해서 들렀어요……. 이 가방 보이시죠?"

노인이 고개를 끄덕였다.

"자, 혹시 가방 여는 일에 능숙하신 편이신가요?"

"글쎄요, 우리 남편이 여행 참 많이 쏘다녔던 사람이었고, 예전에는 나도 한번 기차에서 하룻밤을 묵은 적 있었지."

"그러면 어디 이거 한번 열어 보세요."

노인은 바닥에 쪼그려 앉았다. 그녀 손가락이 가늘게 떨렸다.

"안에 뭐 깜짝 놀라는 거 없지요?" 그녀가 물었다.

"뭐, 무는 건 아닐 거예요." 맬컴 선생이 말했다.

걸쇠 용수철이 튕겨 나오듯 열렸다. 가방은 치아라고는 하나도 남지 않은 입이 게으른 하품을 하듯이 쩍 벌어졌다. 그녀는 그 깊숙한 곳에 꽁꽁 접혀 있는 — 초록색 캐시미어 재질의 — 목과 소매에 가는 레이스를 덧댄 드레스를 봤다.

"이것 좀 보게!" 노인이 부드럽게 말했다.

"꺼내 봐도 될까요, 선생님?" 그녀는 딱히 놀라움도 기쁨도 드러내지 않았다. 맬컴은 다소 실망감을 느꼈다.

"헬렌의 드레스예요." 그가 말했다. 그리고 그녀에게로 바짝 몸을 굽히면서 목소리를 한층 높였다. "그 생기발랄한 꼬마의 일요일 복장이요."

"난 귀가 먹지 않았답니다, 선생님." 노인이 대답했다. "그래, 나도 그 옷처럼 보인다고 생각하고 있었지. 안 그래도 바로 오늘 아침에 내가 앤한테 어디서든 다시 나타날 거라고 말했다오." 그녀는 구겨진 자국이 있는 드레스를 털고 찬찬히 살펴보았다. "충분한 시간만 준다면, 사물이란 항상 그런 법

이거든. 난 너무 자주 그걸 눈치챘어. 참 축복이지요."

"린지 — 집배원 일을 하는 사람 아세요? 위궤양이 있는 환자인데 — 오늘 아침에 저한테 전화하셨더라고요……. 레나가 이 옷을 갖고 들어오는 걸 봤다고. 헬렌이 학교 가는 길에 들러서 주고 가더래요. 앞치마에 둘둘 싸맨 걸 책가방 깊숙한 곳에서 휘저어 꺼내더니, 몸에 맞지 않는다고 어머니가 그냥 공짜로 주고 오라고 했다는 거예요. 찢어진 자국을 봤을 때 저는 카스필드 부인께서 말씀하시던 '평소에 안 하던 짓'의 원인이 뭐였는지 이해하게 됐어요. 한달음에 서둘러서 찾으러 갔죠. 드레스를 받아서 — 클레이턴네 포목상에서 몇 가지 물건들을 사서, 우리 버사 누님에게 부탁했지요. 제가 저녁 식사를 하는 동안 꿰매 달라고요. 끝내 어떤 일이 벌어질지[35] 저는 알았어요. 그리고 헨리에게서 구박당하는 헬렌이 힘든 시간을 견뎌 낼 수 있도록 할머니께서 힘이 되어 주고 계신다는 사실도 알았고요."

"정말 사려 깊으시군요, 선생님은!" 노인이 말했다. "앤에게는 내 망토 아래 들어가 있는 걸 찾았다고 말할게요."

"그래요, 그게 적절하겠군요." 맬컴 선생이 말했다.

"물론 헬렌은 내일 아침이면 이미 채찍으로 맞았던 일을 몽땅 잊어버리고 말 테고, 꿋꿋이 잘 버티면 인형 하나 새로 사 주겠노라고 내가 약속했었는데……." 노인이 안타깝다는 듯이 말했다.

맬컴 선생은 가방을 탁 소리 나게 닫았다.

'노인네랑 대화해 봤자 아무 소용이 없다니까.' 그는 생각

35 헬렌이 헨리에게 체벌을 당하게 되리라는 점.

했다. '내 말의 의미를 반만큼도 못 알아듣고 있잖아. 그저 헬렌에게 인형을 못 사 주게 된 일만 아쉬워하는 것처럼 보이니 말이야! 저러니까 도대체 발전이라곤 없지.'

밀리

밀리는 베란다에 몸을 기대고, 남자들이 시야에서 벗어나 더는 보이지 않게 될 때까지 서 있었다. 윌리 콕스가 길 저편 멀리까지 갔을 때 말에 탄 채로 몸을 빙글 돌리며 손을 흔들었다. 하지만 밀리는 마주 손을 흔들어 주지 않았다. 그저 고개를 살짝 까닥이고는 얼굴을 찌푸렸을 뿐이다. 나쁜 젊은이는 아니지, 윌리 콕스 정도면. 하지만 그녀 취향에서는 지나치게 자유분방하고 헤프게 구는 감이 있었다. 오, 세상에! 날씨는 무더웠다. 머리카락이 볶아질 지경이라 해도 과언이 아니었다!

밀리는 손수건을 머리에 얹고 손으로 차양을 만들어서 눈가에 드리웠다. 먼지가 풀풀 날리는 길 뒤쪽으로 멀어지는 말들의 모습이, 마치 위아래로 춤을 추는 갈색 반점들 같았다. 그들에게서 눈을 떼고 불에 그슬린 들판 저편을 응시했을 때도 그녀는 여전히 자신의 눈앞에서 모기떼처럼 점점이 뛰노는 그 반점들의 잔상을 볼 수 있었다. 오후 2시 반이었다. 태양은 빛바랜 푸른 하늘 중앙에 타오르는 거울처럼 걸려 있었고, 너르게 펼쳐진 들판 위로 푸른 산들이 아득히 멀리서 파도치는 바다처럼 용솟음하며 일렁였다.

시드는 10시 반까지 돌아오지 않겠지. 그이는 윌리엄슨 씨를 살해한 젊은이를 잡으러 다른 청년들 넷을 데리고 마을 경계선까지 말을 달려간 참이다. 정말 끔찍한 일이지! 윌리엄슨 부인은 어린애들과 함께 홀로 남겨져 버렸으니. 참 괴상하기도 해라! 윌리엄슨 씨가 고인이 되었다는 걸 상상하기가 어려웠다! 평소에 우스운 소리를 어찌나 잘하던 사람이었는데, 언제나 익살을 부려 대면서! 윌리 콕스 말로는 그들이 헛간에서 윌리엄슨 씨를 발견했다고 했다. 총알이 머리를 관통한 상태였고, 농사를 배우느라 거기에 머물던 젊은 영국인 청년 '조니'가 온데간데없이 사라져 있었다. 참 신기하지! 밀리는 누구든 윌리엄슨 씨에게 총을 쏜다는 것도 상상할 수 없었다. 그렇게 인기가 있고 덕망이 높은 사람을 말이다. 세상에! 마침내 그들이 그 젊은이를 붙잡을 때 얼마나 큰 소동이 일어날지! 뭐, 그런 젊은이를 진심으로 동정해 줄 수는 없겠지만. 시드가 말했다시피, 만약 그가 정신을 바짝 차리지 않았다면 과연 지금 우리 모두가 이 세상에 붙어 있는 목숨이겠는가? 그런 인간은 살인 한 번으로 끝냈을 리가 없다. 헛간은 온통 피범벅이었다고 했다. 그 광경에 윌리 콕스는 얼마나 진이 빠졌는지, 자기도 모르게 피로 가득한 웅덩이에 떨어진 담배를 주워 들어 피웠다고 말했다. 세상에나! 반쯤 넋이 나갔던 게 틀림없다.

밀리는 부엌으로 다시 들어갔다. 그는 화로에 잿더미를 밀어 넣고 물을 좀 뿌려서 땔감을 이리저리 뒤적였다. 땀방울이 얼굴 위로 나른하게 흐르다가 코끝과 턱 아래로 방울져 떨어졌다. 그는 남은 식사를 치우고 침실로 들어가다가 파리 자국이 무성하게 나 있는 더러운 거울에 자신을 비춰 보고, 수건을 가져다 얼굴과 목을 훔쳤다. 그날 오후 자신의 기분이 왜 이런지 도무지 알 수 없었다. 그저 큰 소리로 한 번 엉엉 울고는 — 아무 이유도 없이 그냥 — 블라우스를 갈아입고 따끈한 요기라도 하면 좋겠다 싶었다. 그래, 그녀가 느낀 기분이란 바로 그랬다!

그녀는 침대 한쪽에 철퍼덕 주저앉아 맞은편 벽에 붙여 둔 총천연색 인쇄물을 응시했다. 윈저 성에서의 원유회 모습이다. 전경에 펼쳐진 에메랄드빛 초원에는 거대한 참나무들이 심겨 있었고, 그것들이 드리우는 무성한 그늘 속에 고상한 숙녀들과 신사들과 파라솔들과 작은 탁자들이 옹기종기 뒤섞여 있었다. 배경은 석 장의 유니언 잭 국기가 나부끼는 윈저 성의 탑들로 채워져 있었다. 그림 중앙에 자리 잡고 있는 나이 든 여왕은, 마치 꼭대기 부분에 장식이 달린 찻주전자 덮개처럼 보였다.

"실제로도 다들 정말 저런 모습인지 궁금하네." 밀리는 화려한 꽃무늬 옷으로 단장한 숙녀들을 쳐다봤다. 그들은 싱글싱글 팔자 좋은 웃음을 흘리며 이쪽을 마주 보고 있다. "저런 것에는 신경일랑 쓰지 말아야지. 너무 잘나신 분들. 여왕이든 뭐든 나랑 무슨 상관이람."

포장 상자를 쌓아 만든 화장대 위에 그와 시드가 결혼하던 날에 찍은 큰 사진이 걸려 있다. 꽤 근사한 사진이다. — 기꺼이 좋게 봐 주려는 마음이 있다면. 버들가지를 엮은 의자에 앉아 있는 그녀는 새틴 리본들로 장식한 크림색 캐시미어 드레스 차림이고, 시드는 그녀 한쪽 어깨에 손을 올린 채 서서 신부가 들고 있는 꽃다발을 바라보고 있다. 그들 뒤편으로 이끼가 낀 나무 몇 그루와 폭포, 그리고 눈 덮인 국산이 멀리 보인다. 그녀는 결혼식 날이 어땠는지 거의 잊어버렸다. 그만큼 오랜 시간이 흘러가기도 했고, 함께 추억을 이야기할 만한 상대가 없다면 기억이란 곧 머릿속에서 사라져 버린다. "우리가 왜 애를 안 가지게 됐는지 참 모를 일이야……." 그녀는 어깨를 한 번 들썩였다. — 그들은 어느 순간 포기해 버렸다. "뭐, 나야 그렇다고 섭섭한 적 없었지. 하지만 시드가 아쉬워한데도 놀랄 일은 아냐. 그이는 나보다 더 맘이 약하니까."

그러고 나서 그녀는 침묵 속에 아무 생각도 하지 않고 조용히 앉아 있었다. 붉게 퉁퉁 부어오른 양손을 앞치마에 돌돌 말고, 양쪽 발은 자기 눈앞에 쭉 편 채로, 굵은 매듭으로 틀어 묶은 어두운색 머리카락을 가슴 쪽으로 아무렇게나 떨구었다. 부엌 시계는 똑딱거렸고, 화로의 쇠살대 안에서 숯덩이가 불씨를 머금으며 들썩였다. 주방 창문의 베니션 블라인드가 유리에 부딪혀 달각였다. 갑자기 밀리는 더럭 겁이 났다. 그녀 내부에서부터 이상한 경련이 시작되어 — 그녀 배 속에서부터 — 무릎과 손으로 떨림이 온통 퍼져 나갔다. "누군가 있어." 그는 살금살금 까치발로 문가에 다가가 부엌 안을 살며시 훔쳐봤다. 안에는 아무도 없었다. 베란다로 통하는 문들도 닫혀 있고, 블라인드는 내려져 있었고, 어스름한 빛을 받은 시계 정면의 흰 판이 번쩍이며 빛났다. 가구들도 몸을 부풀리며 받은 숨을 몰래 내쉬고 있는 듯 보였다……. 그리고 그들도, 들려오는 소리에 귀를 기울이고 있다. 시계 소리 — 숯덩이 소리 — 블라인드 소리 — 그리고 또다시 — 뭔가 다른, 뒤뜰의 발걸음 소리 같은 것에. "얼른 가서 저게 뭔지 알아보라고,

밀리 에반스."

그는 쏜살같이 뒷문으로 뛰어가서 문짝을 열어젖혔다. 그 순간에 누군가가 구석에 쌓아 둔 장작더미 뒤로 몸을 웅크렸다. "누구야?" 그녀는 우렁차고 거침없는 목소리로 크게 외쳤다. "거기서 어서 나와! 네 모습을 봤으니까. 어디 있는지 다 안다. 나는 총을 갖고 있어. 그 장작더미 뒤에서 빨리 튀어나와!" 그녀는 더 이상 겁에 질려 있지 않았고 맹렬한 분노를 느꼈다. 그녀 심장이 북처럼 거세게 뛰었다.

"여자라고 우습게 보면 어떻게 되는지 내가 알려 주지." 그녀는 고함을 쳤고, 부엌 구석에서 총을 낚아채서는 베란다 계단을 나는 듯이 뛰어 내려와 장작더미 뒤쪽까지 훤한 마당을 가로질러 왔다. 젊은이 하나가 배를 땅에 대고 엎드린 채 한쪽 팔로 얼굴을 가리고 있었다. "일어나! 허튼 수작 부리지 말고!" 여전히 손에 총을 든 채 그녀는 남자의 어깨를 걷어찼다. 그 남자는 아무런 반응도 보이지 않았다. "세상에, 이 남자 정말 죽었나 봐." 밀리는 한쪽 무릎을 꿇고 앉아서 남자를 움켜잡고는 등이 아래로 가게 몸을 뒤집었다. 남자는 부대 자루처럼 힘없이 나뒹굴었다. 밀리는 그에게 시선을 고정한 채 엉덩이를 뒤쪽으로 밀며 뒷걸음질 쳤다. 밀리의 입술과 콧구멍이 공포로 바들바들 떨렸다.

그는 이제 막 어린애 티를 벗기 시작한 앳된 청년이었다. 금발에, 입술 위쪽과 턱에도 금빛 솜털이 한 줌 자라고 있었다. 눈은 뜬 상태였지만 눈동자가 뒤로 돌아가서 흰자위가 한껏 드러났고, 얼굴 전체에 땀으로 범벅이 된 흙먼지가 두텁게 묻어 있었다. 면 셔츠와 바지를 입고, 흔하고 평범한 천 운동화를 신고 있었는데, 바지 한쪽은 진한 핏빛으로 번들거렸고 다리에 찐득하게 달라붙어 있었다. "난 못 하겠어." 밀리가 말했다. 그러나 곧, "해야만 해." 그녀는 몸을 굽혀 그 애의 심장이 뛰는지 짚어 보았다. "잠깐만 기다려." 그녀는 말을 더듬었다. "잠깐만 있어 봐." 그러고는 물 한 통과 브랜디를 찾아 집 안으로 뛰어 들어갔다. '너 지금 뭘 하려는 거야, 밀리 에반스? 아, 나도 모르겠어. 사경을 헤매는 사람을 전에 본 적이 있어야 말이지.' 그녀는 한쪽 무릎을 꿇고 소년의 머리 아래로 팔을 받치고는 입술 사이로 브랜디를 약간 흘려 넣었다. 벌어진 입 양쪽 가장자리로 브랜디가 흘러내렸다. 앞치마 한쪽을 물에 적셔서 아이의 얼굴과 머리카락과 목을 닦아 주는 밀리의 손가락이 잘게 떨렸다. 먼지와 땀을 벗겨 냈더니 남자의 얼굴에서 반짝이는 윤이 났다. 밀리의 앞치마처럼 희고 창백한 안색의 얼굴은 여위었고, 자디잔 주름이 잡혀 찌푸린 인상이었다. 낯설고 끔찍한 기분이 밀리 에반스의 가슴을 거칠게 사로잡았다. — 전에는 단 한 번도 싹을 틔운 적이 없었던 어떤 씨앗이 서서히 펼쳐지면서 단단하고 깊은 뿌리를 내리고 고통스러운 잎을 움트게 했다. "정신이 드니? 다시 괜찮아진 느낌이 들어?" 소년은 반쯤 목이 졸린 것처럼 날카롭게 숨을 쉬었고 눈꺼풀을 가늘게 떨더니 좌우로 머리를 흔들었다. "나아진 거야." 밀리가 남자의 머리카락을 부드럽게 손가락으로 빗질하며 말했다. "이제 다시 좋아진 기분이 들지, 안 그래?" 밀리의 가슴속에 피어난 고통이 그녀 자신을 반쯤 질식하게 했다. '지금 네가 엉엉 울어서 좋을 게 없어, 밀리 에반스. 정신을 똑바로 차려야 해.' 갑자기 그 애가 일어서더니 밀리에게서 몸을 떼고 장작더미에 기댔다. 눈은 땅바닥을 쳐다보고 있었다. "이제 괜찮아!" 밀리 에반스가 이상하게 울먹이며 떨리는 목소리로 외쳤다.

소년이 고개를 돌려 그녀를 바라보았고 여전히 아무 말도 하지 않았다. 그러나 그 남자의 눈이 어찌나 천진한 고통과 공포로 가득하던지, 밀리는 울음을 터뜨리지 않기 위해서 이를 꽉 다물고 주먹을 쥐어야 했다. 긴 침묵 끝에 소년은 꿈꾸다 잠꼬대를 하는 듯한 어린애의 작은 목소리로 말했다. "배가 고파요." 그 애의 입술이 바들바들 떨렸다. 밀리는 허둥지둥 일어나서 남자아이 옆에 섰다. "얼른 안에 들어가서, 한 끼 먹어." 그녀는 말했다. "걸을 수 있니?" "네." 소년이 속삭였고, 밀리의 뒤를 따라 휘청대는 발걸음으로 훤한 뜰을 지나 베란다로 향했다.

계단 아래쪽에서 남자는 멈칫했고 다시 밀리를 바라봤다. "난 안 들어가요." 그 애가 말했다. 소년은 베란다 계단 위, 집 주변에 드리운 작은 그늘 속에 주저앉았다. 밀리는 남자를 쳐다봤다. "마지막으로 뭘 먹은 게 언제였니?" 그 애가 고개를 설레설레 저었다. 밀리는 소금에 절인 기름투성이 소고기 한 덩이를 자르고 빵 한쪽에 버터를 발랐다. 하지만 소년에게 그걸 가져다주었을 때 그 애는 일어서서 주변을 힐끔거리며 접시에 담긴 음식에는 주의를 기울이지 않았다. "사람들 언제 돌아와요?" 남자애가 말을 더듬으며 물었다.

그 순간에 밀리는 깨달았다. 그녀는 접시를 든 채 소년을 빤히 쳐다보았다. 그 애가 해리슨이었다. 윌리엄슨 씨를 죽인 영국인 조니. "네가 누군지 알아." 밀리는 굉장히 느릿느릿하게 말했다. "날 속일 순 없다. 네가 그놈이군. 처음부터 알아보지 못했다니 내 두 눈이 멀었나 보다." 그 남자는 허공에 손을 몇 번 휘저으며 부질없는 손동작을 했다. "사람들 언제 오냐니까?" 그래서 밀리는 이렇게 말할 작정이었다. '금방이라도 곧 들이닥칠 게다. 지금 여기로 오고 있는 중이니.' 하지만 밀리는 겁에 질린 그 얼굴에 대고 이렇게 말했다. "10시 반까지는 안 온다." 그 애는 베란다 기둥 하나에 몸을 기대며 땅에 주저앉았다. 소년의 얼굴은 미세한 경련으로 실룩거렸다. 그 애가 눈을 질끈 감자 뺨을 타고 눈물이 줄줄이 흘러내렸다. '그저 어린애일 뿐이잖아. 그런데도 모두가 얘를 쫓고 있구나. 어린놈이 운도 더럽게 없지.' "소고기 좀 먹어 보렴." 밀리가 말했다. "네가 뭐 좀 먹고 싶다고 했잖아. 배 속을 든든하게 채워야지." 밀리는 베란다를 가로질러 그 남자의 곁에 앉아서 무릎 위에 접시를 올려 두었다. "자, 여기 — 조금만 먹어 봐." 밀리는 빵과 버터를 작은 조각으로 잘라 떼며 생각했다. '그들은 얘를 잡지 못할 거야. 내가 조금 도와주기만 한다면. 남자들이란 다 야만적인 짐승들이지. 얘가 뭘 했든, 뭘 하지 않았든 난 신경 안 써. 얘를 봐 봐, 밀리 에반스. 내 눈엔 그저 다친 아이밖에 안 보이는걸.'

밀리는 등을 대고 누워 눈을 크게 뜬 채 귀를 기울이고 있었다. 어깨 언저리에 담요를 걸친 시드가 몸을 돌리고 중얼거렸다. "잘 자, 여보." 밀리는 윌리 콕스와 다른 청년이 부엌 바닥에 옷을 벗어 떨구는 소리와 그들 말소리를 들었고, 윌리 콕스가 자신의 개에게 이렇게 말하는 소리를 들었다. "누워, 검보일. 누우라고, 이 말도 참 안 듣는 새끼야." 그리고 집은 고요한 침묵에 빠졌다. 그러나 밀리는 누워서 계속 듣고 있었다. 그녀 몸 아래서 탁탁 뛰는 작은 맥박도 함께 귀를 기울이고 있었다. 그 맥박은 뜨거웠다. 밀리는 시드 때문에 몸을 움직이는 게 겁이 났다. '그 애는 도망쳐야 해. 반드시 도망쳐야 한다. 남자들이 오늘 밤 내내 침을 튀기며 말하던 정의니 뭐니 하는 썩을 것들, 나는 하나도 신경 안 써.' 그녀는 사납게 생각했다. '본인 일로 닥치지 않고서야, 아니 그 모든 게 실제로 당해 보면 어떤지 또 알게 뭐람. 다들 썩을 것들이야.' 그는 침묵의 목을 죄듯 버티느라 안간힘을 썼다. 지금쯤 그 애가 몸을 피해야 할 텐데……. 윌리 콕스의 개 — 검보일이 자리에서 일어나 부엌 바닥을 급히 돌아다니며 뒷문 쪽을 향해 킁킁 냄새를 맡는 소리가 났다. 이어서 바깥에서 어떤 소리가 들려왔다. "저 개가 뭘 하는 거야? 어휴! 쓸데없이 돌아다니는 개나 키우고, 윌리는 정말 바보 같은 젊은이야. 그냥 누워서 잠이나 잘 것이지." 개는 동작을 멈추고 조용해졌지만, 밀리는 그 개가 귀를 기울이고 있음을 알았다.

갑자기 들린 어떤 소리에 그녀는 저도 모르게 공포의 비명을 질렀고, 개가 짖어 대며 앞뒤로 뛰어다니기 시작했다. "무슨 소리야? 뭔 일이 일어난 거야?" 시드가 침대에서 후다닥 몸을 일으켰다. "아무것도 아니야. 그냥 검보일이 저러는 거지. 시드, 시드!" 그녀는 남편의 팔을 붙들었지만 시드는 떨쳐 버렸다. "세상에, 뭔가 일어났군. 세상에!" 시드가 서둘러 바지를 주워 입었다. 윌리 콕스가 뒷문을 열자마자 잔뜩 성난 검보일이 총알처럼 튀어 나가더니 집 모퉁이를 돌아서 공터로 내달았다. "시드, 들판에 누가 있어요." 다른 청년이 으르렁거렸다. "뭐야 — 저게 뭔데?" 시드가 앞 베란다로 뛰쳐나갔다. "여기, 밀리, 손전등 가져와. 윌리, 어떤 더러운 쥐새끼가 말 한 마리를 훔쳐 간 모양이야." 세 남자가 잽싸게 집에서 뛰어나가자마자 밀리는 시드의 말을 탄 해리슨이 길을 달려 들판을 가로질러 가는 모습을 봤다. "밀리, 그 망할 손전등 가져오라니까." 밀리는 맨발 바람으로 달렸다. 원피스 잠옷이 다리에 와 닿으며 펄럭였다. 남자들은 번개처럼 순식간에 그 애의 뒤를 쫓아가 버렸다. 한껏 멀어지는 해리슨과 그 소년을 숨가쁘게 추적해 가는 세 남자의 모습을 바라보자, 밀리의 마음속에서는 낯설고 광적인 기쁨이 피어나며 그 밖의 모든 것들을 짓눌러 버렸다. 밀리는 맨발인 채 길 위로 황급히 내달렸다. — 그녀는 웃음을 터뜨렸고 악을 쓰며 비명을 질렀고 흙먼지 속에서 손전등을 미친 듯이 휘둘렀다. "아하! 그 녀석을 쫓아가, 시드! 아아아! 그놈을 잡아, 윌리! 얼른 가! 가! 그렇지, 시드! 총으로 쏴 버려. 총으로 쏴 버리라고!"

무모한 여행

그는 성 안나를 닮았다. 그래, 호텔 관리인은 성 안나의 초상을 그대로 본뜬 모습이다. 머리 위로 두른 검은 천, 한 줌 늘어뜨린 잿빛 머리카락, 그리고 손에 들고 있는 작은 흡연용 전등까지. 정말 굉장히 아름다워, 생각하며 나는 성 안나를 향해 미소 지었고 그는 무뚝뚝한 태도로 말했다. "6시예요. 시간이 촉박해요. 탁자 위에 우유 한 그릇 떠다 놨어요." 아무 프랑스 소설에나 등장하는 흔한 영국 숙녀에 대한 묘사처럼, 나는 입고 있던 잠옷을 후다닥 벗어젖히고 찬물 한 대야로 뛰어들었다. 내가 제 발로 어느 감옥에 들어가 총살이라도 당할 작정이라고 단단히 믿고 있는 관리인 여자가 창문을 열자 차갑고 맑은 빛이 쏟아져 들어왔다. 강 위에서 작은 증기선이 기적 소리를 냈다. 전속력으로 질주하던 쌍두마차가 휭하니 스쳐 지나갔다. 빠르게 소용돌이치는 물살, 건너편 멀리 보이는 키 크고 검은 나무들이 도란도란 이야기를 주고받는 흑인들처럼 모여 있었다. 정말 음울한 느낌이군, 나는 생각하며 해묵은 버버리 코트의 단추를 채웠다. (그 버버리 코트는 매우 의미 있는 물건이었다. 그건 원래 내 것이 아니었다. 나는 내 친구에게서 그 코트를 빌렸다. 그의 조그맣고 어두운 홀에 걸려 있던 그 물건을 봤을 때 내 눈은 반짝 빛났다. 바로 이 물건! 완벽하고 적합한 변장이다, 낡은 버버리 코트란. 사자 같은 영국인들은 이 버버리 코트를 걸친 채 어려운 상황에 직면해 왔다. 험난한 바다의 난파선에서 숙녀들이 구출받을 때마다, 그들의 몸을 감싸고 있던 옷은 늘 버버리였다. 낡은 버버리 코트란 반박의 여지 없이 덕망 있는 여행자의 표시이자 상징처럼 보인다고, 나는 생각했다. 그러니 이 버버리 코트를 가져가 버리자고 결심했고, 그 대신 나의 보라색 팽이 모양 드레스와 진짜 물개 모피로 만든 목도리와 머프(muff)를, 이 코트의 교환품으로써 남겨 두었다.)

"절대 거기 도착하지 못하실걸요." 내가 목도리를 두르는 모습을 보며 관리인이 말했다. "절대! 그럴 수가 없어!" 나는 발자국 소리가 쿵쿵 메아리치는 계단을 뛰어 내려갔다. 그 소리는 이상하게 들렸다. 마치 잠에 취한 하녀가 아무렇게나 피아노 건반을 두드리는 것 같았다. 나는 부둣가로 향했다. "뭐가 이렇게 바쁘시죠, 우리 예쁜이?"[36] 사랑스러운 꼬마 남자아이가 화려한 색깔의 양말을 신고, 전철역 입구를 굽어보는 연꽃 송이 전구들 앞에서 신나게 춤을 추다가 말했다. 슬프구나! 그에게 다정한 입맞춤을 보낼 시간조차 없으니 말이다. 내가 큰 역에 간신히 도착했을 때, 차가 도착하기까지 겨우 사분의 여유밖에 남지 않았다. 승강장 입구는 군인들과 그들 손에 들린 노란 종이 뭉치와 커다랗고 지저분한 짐 보따리들로 복잡하게 붐볐다. 경찰 제복을 입은 경관이 한쪽에 섰고, 다른

36 ma mignonne. 이 단편에서 저자가 프랑스어를 섞어 표현한 부분은 이후 고딕체로 표기하겠다.

쪽에는 이름 모를 공무 집행원이 섰다. 그 남자가 나를 통과시켜 줄까? 그렇게 해 주려나? 그 남자는 뚱뚱하게 부어오른 얼굴이 온통 커다란 뾰루지들로 뒤덮인 노인이었다. 두꺼운 뿔테 안경을 코끝에 걸치고 있다. 덜덜 몸을 떨며 나는 애써 노력을 기울였다. 이른 아침에 지을 수 있는 가장 다정한 미소를 간신히 끌어내서 얼굴에 띄웠다. 그러고는 내 서류를 넘겨주었다. 그러나 유난스럽게 민감한 종잇장들은 뿔테 안경 앞에서 뿔뿔이 흩어져 떨어졌다. 그럼에도 불구하고 그는 나를 통과시켜 주었다. 나는 군인들 사이를 달리고 달려서 높은 계단을 뛰어올라, 노란 칠을 한 객차 안으로 뛰어들었다.

"이 열차는 바로 X로 가나요?" 나는 검표용 겸자로 승차권에 표시를 하고 내게 다시 돌려준 징수원에게 물었다. "아니요, 아가씨. X.Y.Z.에서 갈아타셔야 합니다."

"어디서요?"

"X.Y.Z.요."

여전히 나는 제대로 듣지 못했다. "괜찮으시다면 몇 시에 도착하는지 알 수 있을까요?"

"1시요." 하지만 그래 봤자 소용이 없었다. 나는 시계가 없었으니까. 아, 어쨌든, 이후라는 소리군.

아! 열차가 움직이기 시작했다. 최소한 열차는 내 편이었다. 역을 빠져나오자 우리는 곧 채소를 가꾸는 정원들과, 임대용으로 내놓은 높다란 임시 구류 주택들[37]과, 카펫을 두들

37 blind house. 18~19세기 지역 사회에서 술주정뱅이나 경범죄자를 임시로 격리, 수감하기 위해 만든 소규모 구치소. 지역 경찰서의 행정 시설이 현대화되고 보완되면서 사라졌다. 세계 대전 당시에는 창고나 격납고 등으로 활용되었으며 이후에는 관광 자원으로 개발되었다.

겨 청소하는 하인들을 지나쳤다. 해는 벌써 둥실 떠올라 들판을 거닐면서, 가장자리에 술처럼 붉은 꽃들을 점점이 두른 웅덩이들과 강물 빛에 물든 장미색 얼굴로, 힘차게 달려가는 열차와 나의 머프를 비추었다. 심지어 빛을 쪼아 대며 그 버버리 코트를 벗어 버리라고 속삭였다. 나는 객차 안에 혼자 있지 않았다. 맞은편에 나이 든 여자 하나가 앉았는데, 치맛자락이 무릎 위까지 걷혀 올라갔고 머리에는 검정 레이스가 달린 보닛을 쓰고 있었다. 통통하게 살이 찐 손은 결혼반지 하나와 추모반지 두 개로 장식되어 있었는데, 그 손으로 편지 하나를 들고 있었다. 천천히, 천천히 그는 편지의 문장 하나를 홀짝대듯 입속으로 중얼거렸다. 그러고는 고개를 들어 창밖을 쳐다보며 입술을 약간 떠는가 싶더니, 그다음 문장을 같은 방법으로 곱씹고 다시금 나이 든 얼굴을 빛살 속에 내비치면서 그 말들을 음미했다……. 군인 두 명은 창밖에 몸을 기대고 있었다. 그들의 머리는 거의 서로 맞닿아 있을 정도였다. 둘 중 하나는 휘파람을 불고 있었고, 나머지 하나는 녹이 슨 안전핀으로 코트를 잠근 상태였다. 철도 선로를 정비하는 군인들은 어디에나 있었다. 트럭에 기대거나 허리에 손을 얹은 채로, 열차가 지나갈 때마다 창문 하나하나 최소한 카메라 한 대쯤은 있으리라고 기대한다는 듯이 포즈를 지어 보였다. 그리고 이제 우리는, 마치 화려한 의장을 갖춘 댄스홀이나 해변의 고급 전시장처럼, 펄럭이는 깃발을 꽂아서 단장한 커다란 나무 창고들을 지나치고 있다. 창고들 안팎으로 적십자 소속 사람들이 바삐 오가고 있었다. 부상자들은 벽에 기대 앉아서 햇볕을 쬐는 중이다. 모든 다리, 교차로, 일꾼용 장화와 총검으로 무장한 작은 병정이 하나씩 배치되어 있다. 병정은 쓸쓸하고 외로워 보이는 모습이다. 얼른 제 아래쪽에 적절하고 우스운 농담이 쓰이기를 기다리는, 어느 만화책에 작게 그려진 캐릭터처럼 보이기도 한다. 전쟁이란 게 정말 있기는 한 걸까? 이처럼 밝게 웃고 떠드는 모든 목소리들이 정말 전쟁에 나간다고? 하얀 자작나무 줄기와 잿빛으로 더없이 신비롭게 빛나는 이 어둑어둑한 숲들 — 커다란 새들이 날개를 펴고 훌쩍 날아다니는 이 물기 촉촉한 들판들 — 반짝이는 빛살 아래 녹색과 푸른색으로 출렁이며 흘러가는 강물 — 이런 장소들에서 전투가 펼쳐져 왔다고?

지금 지나치는 묘지들의 모습이 얼마나 아름다운가! 무덤 비석들이 햇빛을 받아 명랑하게 빛난다. 수레국화와 양귀비꽃과 데이지가 묘지 전체를 가득 채우고 있는 것만 같다. 한 해, 이 시기에 어쩌면 저렇게 많은 꽃들이 피었을까? 그러나 사실 그것들은 꽃이 아니었다. 군인들 무덤에 묶어 둔 색색의 리본 무더기들이라는 사실을 흘낏 알아채고 나서 나는 나이 든 여자의 눈과 마주친다. 그녀는 미소를 짓고 편지를 접는다. "우리 아들이 보낸 거예요. 10월 이후에 받은 첫 편지랍니다. 우리 며느리한테 갖다 보여 주게요."

"……?"

"그래요, 잘됐죠." 나이 든 여자가 말하며 치마를 털어 내리고 바구니 손잡이에 팔을 끼웠다. "저한테 손수건 몇 장이랑 튼튼한 밧줄 하나를 보내 달라고 하더라고요."

내가 갈아타야 할 역 이름이 뭐지? 어쩌면 나는 그것을 결코 알 수 없으리라. 나는 자리에서 일어나 창문 난간에 팔을 기댄 채 두 발을 교차시켰다. 바닷가로 향하는 동안 한쪽 뺨이 어린아이 시절처럼 붉게 타올랐다. 전쟁이 끝나고 나면 바지

선을 하나 사서 이 강들을 마음껏 헤치고 다녀야지. 하얀 고양이 한 마리와 목서초 한 포기를 심은 화분 하나가 나의 길동무가 될 것이다.

언덕을 내려가니 진을 친 부대들이 햇볕 아래 붉고 푸른 군복 색깔을 빛내고 있었다. 좀 더 멀리 떨어져서, 그러나 눈에는 쉽게 들어오는 모양새로, 더 많은 군인들이 자전거를 타고 돌아다녔다. 하지만 정말이지, 내가 사랑하는 프랑스여, 이 군복은 우스꽝스럽다. 병사들이 그대 가슴 위에 밝고 불손하기 짝이 없는 '환승 비자' 도장처럼 찍혀 있는 꼴이다.

기차가 천천히 속도를 낮추더니, 멈췄다……. 나만 빼고 모두가 다 내리고 있었다. 나막신 한 켤레를 등 뒤에 끈으로 매달고 있는 덩치 큰 소년 하나, 양철로 만든 그 아이의 와인 컵 안쪽에는 불가능할 정도로 예쁜 분홍빛 얼룩이 남아 있다. 내게 굉장히 친절한 태도를 보인다. 아마 X로 가려면 이 역에서 갈아타야 하는 걸까? 케피 모자[38]에서 젖은 종이 폭죽을 떨어트리던 다른 군인 하나가 내 짐 가방을 번쩍 들어 땅바닥에 내려다 주었다. 이 군인들은 어찌나 상냥한지! "감사합니다, 선생님. 정말 친절하시군요……." "이쪽으로 가면 안 됩니다." 총검이 말했다. "이쪽도 아니에요." 다른 군인이 거든다. 그래서 나는 군중을 따라갔다. "여권을 보여 주십시오, 아가씨……." "우리는, 에드워드 그레이 각하[39]……." 나는 진흙이 질퍽질퍽한 광장을 서둘러 가로질러서 간이식당 안으로 들어

38 képi. 프랑스의 군용 모자.

39 Edward Grey(1862~1933): 1차 세계 대전 당시 영국의 외무 장관. 프랑스와 협상 진영을 구축하기 위해 힘썼다.

갔다.

화로가 툭 튀어나와 있고 양쪽에 탁자들이 배치된 휴게실이다. 색색의 병들로 아름답게 꾸며진 계산대에는 한 여자가 비스듬히 앉아 있는데, 팔짱을 낀 팔로 가슴을 감싸고 있다. 열린 문 사이로 주방 내부가 보인다. 흰색 코트를 입은 요리사가 그릇 안에 달걀을 깨 넣으며 한쪽 구석으로 껍질을 휙 내던진다. 자리에 앉아 식사하는 남자들의 푸르고 붉은 군복 외투가 벽에 줄줄이 걸려 있다. 그들의 단검과 벨트도 의자 아래 산처럼 쌓여 있다. 세상에! 이렇게 시끄러울 수가. 햇살 가득한 공기가 그 요란한 소음에 온통 깨어져 바스라지고 있는 것 같다. 굉장히 창백한 안색의 작은 소년이 이 탁자에서 저 탁자로 바삐 움직이며 주문을 받고 진보랏빛 커피 한 잔을 내게 따라 주었다. 치익, 달군 팬 위에서 달걀 익는 소리가 났다. 계산대 뒤쪽에 있던 여자가 급히 나와서 소년을 돕기 시작했다. 이제 바로 나와요, 지금 바로! 그녀는 인내심 없이 역정을 내는 커다란 목소리들에게 계속 노래하듯 대답했다. 접시가 달가닥거리며 서로 부딪히고 음료수 병의 코르크 마개들이 퐁퐁 뽑히는 소리가 연신 났다.

갑자기 나는 문간에서 물고기 한 들통을 들고 있는 누군가를 보았다. 갈색 반점이 있는 물고기들, 한 번쯤 본 적이 있는 유리 어항에서 아름답게 압착된 해초 밀림 사이를 유영하던 것들과 똑같은 모습이다. 낡은 재킷을 입은 노인은 겸허한 태도로 그곳에 서서 누군가 자신에게 주의를 기울여 주기를 기다리고 있었다. 가느다란 수염이 가슴께까지 자라 있었고, 촘촘한 눈썹 아래 뜬 눈은 들고 있는 들통에 고정되어 있었다. 그는 무슨 성화에서 막 빠져나온 것 같은 모습으로, 거기 와 있는 자신의 비천한 존재 자체를 두고 병사들의 용서를 간절히 구하는 듯했다…….

하지만 내가 뭘 할 수 있었겠는가? 나는 짚단에 끼운 물고기 두 마리를 든 채로 X에 도착할 수는 없었다. 그리고 선로를 달리는 열차 창문으로 물고기를 내다 버리는 짓은 프랑스에서 중대한 범죄로 다뤄지고도 남으리라고, 나는 전보다 좀 더 작고 누추해진 객차에 기어오르며 생각했다. 어쩌면 물고기를 사서 삼촌과 이모에게 가져다주면 — 아, 하나님 맙소사 — 나는 삼촌과 이모의 이름을 또 까먹고 말았다! 뷔파(Buffard), 뷔퐁(Buffon), 뭐였더라? 나는 다시, 친숙한 자필 글씨체로 쓰인 낯선 편지를 꺼내 읽었다.

"사랑하는 조카에게

이제 날씨가 좀 풀렸으니, 네가 우리를 잠시 방문해 줄 수 있다면 삼촌과 나는 정말 기쁠 거야. 올 때 나한테 전보를 치렴. 그때 내가 자유롭다면 직접 나가 역 밖에서 너를 만나마. 여의치 않다면 우리의 좋은 친구 그랑송 부인이, 다리 옆 통행료 징수 사무소에서 사는 분인데, 역 바로 앞에서, 너를 데리고 우리 집으로 오실 거야. 사랑의 키스를 보낸다. 줄리 브아파(Boiffard)."

명함 한 장이 동봉되어 있었다. 폴 브아파 씨.

브아파 — 물론 그 이름이었지. 나의 줄리 이모와 폴 삼촌 — 갑자기 그들은 그곳에 나와 함께 있었다. 내가 지금껏 알아 왔던 그 어떤 친척들보다 더 현실감 있고, 생생하게. 나는 줄리 이모가 수프가 담긴 큰 대접을 손에 들고 말에 굴레를 씌우는 모습이나, 폴 삼촌이 붉고 하얀 냅킨을 목 주위에 두르고 식탁에 앉아 있는 모습도 눈앞에 그릴 수 있었다. 브아파, 브아파. 이름을 반드시 잘 기억해야겠다. 방문하는 친척이 누군지를 헌병 사무관이 물었을 때 내가 이름을 어물거리기라도 한다면, 오, 얼마나 치명적인가! 뷔파, 아니, 브아파지. 그리고 처음으로, 줄리 이모의 편지를 접다가, 나는 뒷면 백지 한 구석에 아무렇게나 낙서하듯 쓴 흔적을 발견한다. 어서 빨리 오렴, 빨리. 이상하게도 충동적이라니까! 내 심장은 두근거리며 뛰기 시작했다…….

"이제 별로 많이 남지 않았네요." 맞은편 여자가 말했다. "X로 가시죠, 아가씨는?"

"네, 부인."

"저도……. 거기 가 보신 적이 있나요?"

"아니요, 부인. 이번이 처음이에요."

"정말, 방문하기에는 이상한 시기죠."

나는 희미하게 미소를 짓고, 그가 쓴 모자에서 시선을 떼려고 노력했다. 꽤 평범하고 체구가 작은 여자였지만, 그가 머리에 쓴 검은 벨벳 토크(toque) 꼭대기에는 놀랍도록 어리둥절해 보이는 표정의 갈매기 하나가 자리를 잡고 앉아 있었다. 그 둥근 눈동자가 어찌나 호기심 넘치는 눈빛으로 내게 고정되어 있는지, 차마 태연한 척을 하기가 힘들었다. 나는 손을 들어 그것을 쫓아 버리거나, 아니면 그에게 몸을 기울여서 머리 위에 앉아 있는 저 낯선 존재에 대해 알려 주고 싶은 끔찍한 충동을 이겨 내느라 혼이 났다…….

'실례합니다만 부인, 혹시 갈매기 같은 생물이 당신 모자 위

에 올라가 있다는 사실을 인식하지 못하셨나 봅니다.'

새가 일부러 모종의 목적을 가지고 저기 앉았을 수 있을까? 웃음을 터뜨리면 안 된다……. 웃어서는 안 된다고. 저렇게 머리에 새를 얹고 있다니, 거울을 들여다본 적도 없었나?

"지금 X로 들어가기는 매우 어려워요, 단순히 역을 지나치는 것도요." 그는 말했고, 갈매기와 나란히 나를 향해 고개를 흔들었다. "아, 성가신 일이죠. 이름과 사유를 매번 기록해야 한답니다."

"정말, 그렇게 심한가요?"

"하지만 당연한 일이죠. 이 지역 전체가 군에 통제되고 있는 걸 보셨잖아요. 그리고……." 그는 어깨를 들썩였다. "그들은 사람들을 엄격하게 다룰 수밖에 없으니까. 많은 이들은 역 밖으로 나가지도 못해요. 여기 도착은 하는데, 대기실에 들어가 있으라는 말을 듣고, 그냥 거기에만 계속 남아 있게 되는 거죠."

그녀 목소리에서 뭔가 이상야릇하고, 모욕적인 즐거움을 어렴풋이 느낄 수 있었던가?

"그런 엄격함은 반드시 필요한 거겠지요." 나는 내 머프를 어루만지며 차갑게 말했다.

"반드시 필요하고말고." 그는 소리 높여 외쳤다. "저도 그렇게 생각한답니다. 어휴, 아가씨, 그렇지 않다면 도대체 어떤 꼴이 될지 상상도 못 할걸요! 여자들이 군인이라 하면 어떤지 아시죠." 그는 마지막 손을 들었다. "정신이 나갔지, 완전히 깜빡 죽는다고요. 하지만……." 그는 작은 승리감에 젖어 미소를 지었다. "아무리 그런들 X로 들어가진 못해요. 하나님 맙소사, 절대로 안 된다고! 그 점에 대해선 더 왈가왈부할 것도 없어요."

"아마 그런 시도조차 하지 않으리라 생각해요." 내가 말했다.

"그렇죠?" 갈매기가 말했다.

부인은 잠시 말이 없었다. "물론 당국은 남자들에게 더 심해요. 그러니까 시도하는 즉시 감옥에 갇히게 된다는 뜻이고, 그러고 나서는, 말도 없이 즉결 총살대로 보내지죠."

"X에는 뭐 하러 가시는 거예요?" 갈매기가 말했다.

"아가씨는 도대체 뭘 하느라 여기까지 와 있어요?"

그가 이겼다. 결국 나는 항복하고 말았다. 나는 완전히 겁에 질려 버렸다. 그 치명적인 역명이 찍힌 가로등이 열차를 스쳐 지나갔다. 나는 거의 숨을 쉴 수조차 없었다. — 열차가 멈췄다. 나는 부인을 향해 명랑하게 웃어 보이고는 승강장으로 춤을 추듯 경쾌하게 내려왔다.

덥고 좁은 방이었다. 탁자 두 개를 붙이고 나란히 앉은 대령 두 사람 덕에 방은 완전한 모양새를 갖췄다. 잿빛 수염을 기르고 덩치가 큰 두 남자의 뺨에는 불에 탄 듯한 불그스레한 흔적도 엿보였다. 그들은 호화롭고 전지전능한 존재처럼 보였다. 한 사람은 여자들이 '무게감 있는 이집트 담배'라고 부르며 좋아하는 담배를 피웠다. 담뱃재가 크림처럼 눅진하고 길게 떨어지는 종류다. 다른 사람은 금장을 한 펜을 돌리며 손장난을 쳤다. 단단히 옥죄는 목깃 위로 솟아오른 두 사람의 머리가 커다랗게 농익은 과실들처럼 이리저리 굴렀다. 여권과 승차권을 내미는데, 불길한 느낌이 들었다. 군인 하나가 한 걸음 앞으로 다가오며 내게 무릎을 꿇으라고 할 것만 같았다. 나는 한마디 항의나 질문도 없이 즉시 무릎을 꿇었을 것이다.

"이게 뭐요?" 첫째 신이 투덜거리며 말했다. 그 남자는 내 여권을 전혀 좋아하지 않았다. 그걸 보기만 해도 짜증이 나는 모양이었다. 그는 여권을 향해 반감의 손을 내저었다. "아니, 이런 건 줘도 안 먹어."라고 말하는 투였다.

"하지만 안 돼. 이걸로는 안 되지, 아시다시피. 보세요, 직접 읽어 보라고요." 그리고 그 남자는 극도의 불쾌감이 섞인 시선으로 내 사진에 눈길을 주고, 심지어 더 짙은 혐오감을 담아서 조약돌 같은 눈동자로 나를 쳐다봤다.

"물론 사진은 형편없이 못 나왔죠." 겁에 질려 거의 숨을 쉴 수 없는 상태로 겨우 말했다. "그렇지만 여권은 문제없이 계속 사증을 받아 왔어요."

그 남자는 거대한 몸뚱이를 들어 둘째 신에게 다가갔다.

"용기를 내!" 나는 내 머프에게 말하며 그것을 단단히 움켜쥐었다. "용기를!"

둘째 신은 내게 손가락을 하나 들어 보였고, 나는 줄리 이모의 편지와 그녀가 보낸 명함을 제출했다. 하지만 그 남자는 줄리 이모에게 일말의 흥미도 느끼지 못한 듯 보였다. 그는 무료하게 내 여권에 도장을 찍고, 승차권에 단어 하나를 끼적였다. 그리고 나는 다시 플랫폼에 나와 서 있었다.

"저쪽이요, 저쪽 길로 나가면 돼요."

끔찍하리만치 창백한 안색에, 입가에는 희미한 미소를 띠고, 거수경례 자세로 서 있는 자그마한 상등병이 있었다. 나는 아무런 티도 내지 않았다. 확실히 아무런 신호도 주지 않았다고 생각한다. 그 남자가 내 뒤를 쫓아 걸어왔다.

"날 못 본 것처럼 자연스럽게 따라와요." 나는 그 남자가 반쯤은 속삭이고, 반쯤은 노래하듯이 말하는 소리를 들었다.

미끄러운 진흙 바닥을 지나 다리 쪽으로 그 남자가 얼마나 잽싸게 걸어가던지. 그는 등에 집배원들이 들고 다니는 배달용 가방을 메고, 손에는 종이로 싼 소포와 조간을 들고 있었다. 우리는 경찰관들의 미로를 피해 잽싸게 나아가는 듯했고, 나는 휘파람을 불기 시작하는 이 작은 상등병을 따라잡을 수가 없었다. 통행료 징수 사무소에서 '우리의 좋은 친구, 그랑송 부인'을 만났다. 그는 숄로 양손을 감싼 채 우리가 다가오는 모습을 지켜보고 있었다. 사무소 밖에는 작고 빛바랜 마차 한 대가 대기하고 있었다. 어서 타요, 빨리! 작은 상등병이 말하며, 나의 짐 가방과 집배원 가방, 종이 소포와 조간을 마차 바닥에 던져 올렸다.

"이런! 이런! 그렇게 성을 내지 마. 마차를 직접 몰면 안 돼요. 남들에게 보일 테니까." '우리의 좋은 친구, 그랑송 부인'이 큰 소리로 주의를 주었다.

"아, 저도 알고말고요……." 작은 상등병이 말했다.

마부가 몸을 홱 움직여 마차를 몰기 시작했다. 마부는 앙상하게 마른 말에게 채찍질을 했고 우리가 훌쩍 날듯이 달리는 동안, 마차 양옆의 문 두 짝이 온전히 닫히지 못하고 펄럭대며 쾅쾅 소리를 냈다. 마치 우리에게 연신 큰 소리로 인사를 던지는 것 같았다.

"안녕, 내 친구."

"안녕, 내 친구."[40]

40 첫 번째 문장은 "Bon jour, mon amie." 두 번째 문장은 "Bon jour, mon ami."로 각각 여성인 화자와 남성인 상등병을 구분하여 지칭하고 있다.

그래서 우리는 다급히 몸을 날리듯이 숙인 채로 쿵쾅대는 문을 붙들었다. 그것들은 도무지 조용히 닫히지를 않았다. 바보같이 아귀가 어긋난 문짝들이었다.

"몸을 뒤로 젖혀 봐요, 내가 해 보게!" 내가 울부짖었다.

"경찰관들은 제비꽃들처럼 촘촘하게 어디에나 돋아 있다고."

연병장에 도착한 말은 몸을 크게 일으켜 세웠다가 멈춰 섰다. 깔깔 웃는 얼굴들로 이루어진 군중이 창문에 다닥다닥 붙었다.

"이거 받아요, 늙은 친구." 작은 상등병이 종이 소포를 건네며 말했다.

"괜찮아." 누군가 불렀다.

우리는 손을 흔들고, 다시 출발했다. 강변을 따라서, 낯설고 흰 거리를 따라 내려갔다. 도로 양옆으로 오밀조밀 늘어선 작은 집들이 오후 햇살에 밝게 빛났다.

"마부가 다시 멈추면 곧장 뛰어내려요. 문이 하나 열려 있을 테니까. 일직선으로 쭉 뛰어가요. 내가 뒤를 따를게. 마부에게 비용은 이미 지불했어요. 장담하건대, 그 집은 당신 마음에 들 거예요. 집은 하얀색이고, 방도 흰색으로 칠해져 있지. 그리고 사람들도 —"

"눈처럼 하얗겠지."

우리는 서로를 쳐다봤다. 우리는 웃음을 터뜨리기 시작했다. "지금이에요." 작은 상등병이 말했다.

나는 날듯이 뛰어내렸고 문간에 도착했다. 거기에, 아마도 나의 줄리 이모로 보이는 사람이 서 있었다. 그리고 그 뒤쪽 어딘가에는, 내가 짐작하건대, 삼촌 폴이 있었다.

"안녕하십니까, 부인!"

"안녕하세요, 선생님!"

"이제 괜찮아, 너는 무사하단다." 나의 줄리 이모가 말했다. 세상에, 내가 이모를 얼마나 사랑하는지! 그는 하얀 방의 문을 열고, 우리를 들여보낸 뒤 문을 닫았다. 짐 가방, 집배원 가방, 조간신문이 바닥에 툭툭 떨어졌다. 나는 내 여권을 공중 높이 던졌고, 작은 상등병이 그것을 붙잡았다.

정말 희한한 일이다. 매일같이 그곳에 점심과 저녁을 먹으러 갔었는데. 하지만 이제 어스름 속에서 나 혼자서는 도저히 그 장소를 찾을 수 없었다. 나는 빌려 신은 나막신으로 또각또각 소리를 내며, 질척질척한 진흙탕 길을 지나 마을 끝까지 걸었는데도 그곳 흔적을 찾을 수 없었다. 그 가게가 어떻게 생겼는지, 혹은 바깥쪽에 간판이 있었는지, 혹은 창문으로 넘겨다보이는 유리병들이나 탁자들이 있었는지도 기억나지 않았다. 마을 집들은 이미 커다란 나무 대문의 빗장을 꼭꼭 닫은 채로 밤을 맞이할 준비가 되어 있었다. 누덕누덕 비치는 희미한 빛과 가늘게 떨어지는 빗줄기 아래 그 집들은 낯설고 비밀스럽게 보였다. 언덕 비탈에 파묻힌 듯 깊숙이 들어앉아, 불법적이고 수상한 경로로 갈취한 황금을 가슴속에 가득 품고 있는 한 떼의 걸인들 같았다. 거리를 돌아다니는 사람들이라곤 군인들 말고는 아무도 없었다. 부상병 한 무리가 가로등 아래 서서, 피부병에 걸려 지저분한 모습으로 떨고 있는 개를 쓰다듬어 주고 있었다. 거리 위쪽에서 네 명의 커다란 소년병들이 노래를 부르며 걸어왔다.

도도, 내 친구야, 서둘러 가, 도도……

언덕을 바삐 내려가서는 기차역 뒤쪽에 자리한 막사로 사라졌다. 하루의 마지막 숨결을 그들이 가져가 버린 것만 같았다. 나는 천천히 돌아서 걷기 시작했다.

"분명히 이 집들 중 하나일 거야. 도로변에서 한참 떨어져 있던 게 기억나. — 계단도 없고, 심지어 현관도 없었지. 아마 창문이라도 뚫고 지나다니는지."

그러고 나자 갑자기 바로 딱 그런 장소에서 접객원 소년 하나가 튀어나왔다. 그는 나를 보고 명랑하게 미소를 짓더니 잇새로 휘파람을 불기 시작했다.

"안녕, 우리 꼬마."

"안녕하세요, 부인." 그 남자아이는 카페 창가 바로 맨 끝에 있는 우리의 단골 탁자, 바로 어제 내가 유리병 안에 남겨 두고 간 제비꽃 한 다발로 표시해 둔 그곳까지 나를 따라왔다.

"두 분이신가요?" 빨갛고 하얀 천으로 잽싸게 탁자를 닦아 내며 웨이터가 물었다. 길고 경쾌하게 이어지는 발걸음 소리가 카펫을 깔지 않은 맨바닥에서 메아리쳤다. 그는 주방으로 사라졌다가 천장에 매달린 전등에 불을 켜기 위해 다시 돌아왔다. 전등 위 천장에 짙게 드리운 그늘은 마치 건초 장수의 모자챙처럼 넓게 펴져 있다. 따스한 빛이, 사실상 헛간으로 쓰이는 곳에 다 부서져 가는 탁자와 의자 몇 점을 놔두었을 뿐인 빈 공간을 비춘다. 방 중앙에는 검은 난로가 툭 튀어나와 있다. 한쪽 면에 유리병을 줄줄이 세워 둔 탁자가 있고, 그 뒤에 여자 주인이 자리를 잡고 앉아 돈을 받고 붉은 장부에 내역을 기입한다. 그의 책상 맞은편에는 주방으로 이어지는 문이 나 있다. 벽은 온통 녹색으로 부어오른 나무들 무늬가 가득한 크림색 종이로 뒤덮여 있었다. — 벽지에 그려진 수백 개의 나무들이 둥근 버섯 같은 머리를 천장까지 들이밀고 있다. 나는 도대체 누가, 그리고 왜 이 벽지를 골랐는지 궁금해지기 시작했다. 주인은 이게 아름답다고 생각했을까, 혹은 어떤 계절이든 상관없이 숲 한가운데서 저녁 식사를 한다는 점이 즐겁고 귀여운 일이라고 생각했을까……. 시계 양옆에는 그림이 하나씩 걸려 있었다. 검은색 타이츠를 신은 젊은 신사가 정원 뒤쪽의 의자 너머로 노란 옷을 입은 서양배(pear) 모양의 숙녀에게 구애하고 있다. 첫 만남. 두 번째 그림에서 검은 옷과 노란 옷은 욕정의 혼돈 상태에 빠져 있다. 모든 것을 지배하는 사랑의 승리.

시계는 마음을 달래 주는 안정적인 리듬으로 차분히 똑딱인다. 바로 그거지, 바로 그거야. 주방에서 웨이터 소년이 설거지를 하고 있다. 접시들이 달각이며 맞부딪치는 소리가 내게 환청처럼 들렸다.

그리고 이렇게 수년이 지나가는 거지. 아마 전쟁은 끝난 지 오래일지도 모른다. 가게 밖에 나가도 이 마을 자체가 더 이상 없는 거야. 거리는 풀 아래 묻힌 채로 고요하다. 나는 세상이 끝나는 마지막 날에, 다들 바로 이런 종류의 일을 할 것 같다는 생각을 품고 있다. 텅 빈 카페에 앉아서 시계 소리를 듣는 것, 모든 게 끝나 버릴 때까지…….

여자 주인이 주방 문을 열고 들어왔다. 그는 내게 고개를 끄덕여 인사하고는 탁자 뒤쪽 자기 자리에 앉아서, 통통한 손을 붉은색 장부 위에 포개 놓았다. 문이 핑 소리를 내며 열렸다. 군인들 네댓 명이 들어와서 외투를 벗고 카드놀이를 하기 시작했다. 그들이 예쁘장하게 생긴 웨이터 소년을 연신 짓궂게 놀려 대며 집적거리자, 소년은 조그맣고 동그란 머리를 뒤로 젖히며, 눈을 꾹꾹 비벼서 짙고 풍성한 속눈썹 한두 가닥을 뽑아내 버리고는 변성기의 갈라진 목소리로 그들에게 말대꾸를 했다. 가끔 남자아이의 목소리는 생목 안쪽에서 깊고 거칠게 울렸고, 문장 중간에서 갈라지며 우스꽝스럽게 삐걱삐걱 흩어졌다. 아이 스스로가 그것을 가장 즐기고 재미있어하는 듯 보였다. 그가 물구나무를 서서 손으로 땅을 짚으며 주방에 걸어 들어가거나, 한쪽 손에 회전 폭죽을 빙빙 돌리면서 저녁 식사를 내오더라도 별로 놀랍지 않았으리라.

문이 다시 핑 소리를 냈다. 남자 둘이 더 들어왔다. 그들은 계산대와 가장 가까운 자리에 앉았고, 부인은 새처럼 민첩한 동작으로 머리를 한쪽으로 기울이면서 그들에게 몸을 뻗었다. 아, 그들이 품은 불만은 엄청났다! 그들 대화 속에 등장하는 중위는 정말이지 아둔한 사람이었다. 자기 일도 아닌 것에 참견을 하고, 쓸데없이 성질을 내질 않나, ― 그들은 그냥 군복 단추를 깁고 있었을 뿐인데 말이다. 그래, 그게 전부였다. 단추를 달고 있는 것뿐인데, 머리에 피도 안 마른 뻔뻔한 놈이 다가와서 말을 건네는 꼴이라니. "자 이제, 뭣들 하고 있는 건가?" 그들은 그 멍청한 목소리를 흉내 내며 말했다. 주인은 실룩대는 입술을 꾹 다문 채로 고개를 끄덕이며 공감을 표시했다. 웨이터 소년이 그들에게 유리잔을 내주었다. 아이는 주황색 비슷한 빛깔의 액체가 담긴 병을 가져오더니 탁자 가장자리에 두었다. 카드놀이를 하는 군인들이 큰 소리로 고함을 지르자 소년은 황급히 몸을 돌렸고, 그리고 쾅! 병이 쓰러져 탁자 위로 줄줄 흘렀고, 바닥으로 ― 쨍그랑! 산산조각이 나 버렸다. 어안이 벙벙한 침묵이 가게 안을 뒤덮었다. 탁자 위를 흐르는 와인이 바닥에 뚝뚝 떨어지는 소리가 고요한 침묵을 채웠다. 탁자는 거의 통곡을 하듯 흠뻑 젖어 있는데, 방울지며 떨어지는 속도가 그처럼 느릿하다는 점이 이상하게 보였다. 그러자 카드놀이를 하던 군인들이 우레처럼 외쳤다. "언젠가는 안 떨어뜨리고 잡게 될 거야, 이 녀석아! 바로 그렇게 하는 거지! 또 한 건 해냈군! ……일곱, 여덟, 아홉 번째다." 그들은 다시 카드놀이를 시작했다. 웨이터 소년은 한마디도 하지 않았다. 그는 머리를 숙인 채, 손을 펴고 가만히 서 있었다. 그러더니 무릎을 꿇고 유리 조각들을 하나하나 주워 모은 다음, 행주를 가져와서 와인을 닦았다. 부인이 명랑한 목소리로 소리쳤을 때만, "너 아저씨가 알 때까지 딱 기다려 봐라." 아이는 고개를 들었다.

"내가 돈으로 갚으면 아저씨도 아무 말 못 하는 거죠." 그는 중얼거렸고 얼굴이 심하게 떨렸다. 그러고는 젖은 행주를 가지고 주방으로 쿵쾅대며 들어갔다.

"쟤 화가 나다 못해 울고 있네." 부인이 통통한 손으로 머리카락을 가다듬으며 기쁨에 겨워 말했다.

카페는 천천히 사람들로 채워졌다. 실내가 굉장히 무더울 정도였다. 탁자들에서 피어오르는 푸른 연기가 천장에 걸린 건초 장수 모자 모양의 그늘에 뽀얀 화환을 씌웠다. 양파 수프, 군용 장화, 젖은 천 냄새들이 한데 뒤섞여 질식할 것만 같았다. 시끄러운 소음 속에서 문소리가 다시 났다. 문이 열리고 허약해 보이는 남자 하나가 들어와서는 문을 등 뒤에 기대고 섰다. 한 손으로 자신의 눈을 가리고 있었다.

"잘 지냈어? 붕대 풀었네?"

"기분은 어때, 이 친구야?"

"어디 한번 보자."

하지만 그 남자는 아무런 대답도 하지 않았다. 그저 어깨를 들썩이고 비틀대며 가까운 탁자로 걸어가더니, 자리에 주저앉자마자 벽에 몸을 기댔다. 그의 손이 천천히 얼굴에서 떨어져 내렸다. 창백한 얼굴에 박힌 그 남자의 눈동자는 토끼처럼 분홍색이었다. 눈 안에 물이 고였다가 와르르 쏟아졌고, 다시 차올랐다 흘러내리기를 반복했다. 그는 주머니에서 흰색 천을 꺼내 눈물을 닦아 냈다.

"연기 때문이야." 누군가 말했다. "여기 연기 때문에 네 눈이 간지러워지는 거라고."

그 남자의 동료들은 잠시 그를 쳐다보았다. 그의 눈이 눈물로 가득 채워지고, 다시 넘쳐흐르는 모습을. 눈물이 남자의 얼굴을 타고 흘러 내려와 턱에서 방울져 탁자 위로 뚝뚝 떨어졌다. 그는 코트 소매로 탁자를 쓱쓱 문질러 닦았다. 그러고 나서는 다시, 마치 방금 전의 일을 잊어버렸다는 듯이 계속해서 손으로 탁자를 문질러 닦으며 눈앞을 응시했다. 그 남자는 이윽고 자기 손동작에 맞춰 고개도 따라 젓기 시작했다. 그는 길고 괴상한 신음을 내더니 다시 주머니에서 천을 꺼냈다.

"여덟, 아홉, 열." 카드놀이를 하는 사람들이 말했다.

"꼬마야, 빵 좀 더 갖다줘."

"커피 두 잔."

"피콘[41] 하나!"

41 picon. 오렌지, 용담, 기나피로 만들어 씁쓸한 맛이 나는 캐러멜 향 리큐어. 주로 프랑스 동부와 북부에서 맥주와 곁들여 마신다.

웨이터 소년은 조금 전의 실수에서 꽤 홀가분해진 모습이었지만, 뺨을 진홍색으로 물들인 채 앞뒤로 바삐 뛰어다녔다. 카드놀이를 하는 사람들 사이에서 엄청난 싸움이 붙었다. 이 분 정도 불타오르던 격분은 일렁이는 웃음소리 속에서 잦아들었다. "으윽!" 병든 눈의 남자가 몸을 이리저리 비틀며 신음했다. 하지만 부인 말고는 아무도 그에게 관심을 보이지 않았다. 부인은 계산대 가까이에 앉은 두 군인들에게 살짝 얼굴을 찡그려 보였다.

"하지만 아시다시피, 저런 상태를 보는 게 조금 불쾌하긴 하군요." 그녀는 냉정하게 말했다.

"아, 그렇죠, 부인." 군인들이 대답했다. 그들은 한쪽으로 약간 기울어진 부인의 머리와 그녀의 예쁜 손을 바라보고 있었다. 한껏 들어 올려 고정해 둔 가슴의 레이스 프릴 장식을, 수백 번째 다시 매만지며 정돈하고 있으니 말이다.

"선생님, 여기 오셨어요!" 웨이터 소년이 어깨 너머 째지는 목소리로 내게 말했다. 어느 바보 같고 유치한 이유 때문에 나는 그 말을 못 들은 체하며, 탁자에 몸을 숙이고 제비꽃 향기를 맡았다. 키 작은 상등병의 손이 내 손 위로 포개질 때까지.

"일단 돼지고기 요리부터 조금 먹을까?" 그가 부드럽게 물었다.

"영국에서는," 푸른 눈의 군인이 말했다. "식사할 때 위스키를 마시죠. 그렇지 않습니까, 아가씨? 식사 전에 깔끔하게 아무것도 섞지 않은 위스키 한 잔. 스테이크 썰 때는 위스키와 탄산. 그러고 나서는, 뜨거운 물과 레몬을 넣은 위스키를 더 마시고요."

"그게 진짜인가요?" 군인 맞은편에 앉은 동료가 물었다. 크고 붉은 얼굴에 검은색 수염을 기르고, 커다랗고 촉촉한 눈망울에 머리카락은 재봉틀로 박은 것 같은 모양새를 하고 있다.

"글쎄요, 별로 사실은 아니에요." 내가 말했다.

"맞아요, 맞다고요."[42] 푸른 눈의 군인이 외쳤다. "내가 잘 알 수밖에 없어요. 나는 사업을 하는데, 영국인 여행자들이 많이 와요. 그리고 항상 그렇게들 마십디다."

"흥, 난 위스키 못 마시겠던데." 작은 상등병이 말했다. "그 다음 날 아침에 숙취 오르는 느낌이 너무 역겨워. 기억나요, 자기? 몽마르트의 작은 바에서 우리 위스키 마셨던 거?"

"달콤한 추억 한 조각이군." 검은 수염이 한숨을 쉬며, 외투 가슴팍에 손가락 두 개를 가져다 대더니 머리를 푹 숙였다. 그 남자는 굉장히 취해 있었다.

"그렇지만 당신이 한 번도 맛보지 못했을 뭔가를 난 알고 있죠." 푸른 눈의 군인이 내게 손가락질을 하며 말했다. "정말 좋은 거예요."

그 남자는 입속의 혀로 딱 튕기는 소리를 냈다. "아주 기가 막힌 거야! 그리고 신기한 건, 그게 위스키가 아니라는 사실을 맛만 봐서는 거의 눈치챌 수 없다는 점인데, **단지 그게** —" 그는 그다음에 어떤 말을 해야 할지 구상하는 듯 복잡한 손동작을 하며 얘기를 이어 갔다. "더 근사하고, 어쩌면 단맛이 더 강할 수도 있고, 날카로운 느낌은 덜 한데. 그리고 그다음 날 숙취도 없어, 토끼처럼 힘차고 발랄한 기분만 남겨 주지."

"그 술 이름이 뭐라고요?"

42 Si, si. 이 단편에서 원문이 프랑스어인 부분은 고딕체로 표기하였으나 이 부분만은 예외적으로 등장인물이 스페인어 혹은 이탈리아어로 이야기하고 있다.

"미라벨![43]" 그는 입속에서 그 단어를 혀끝으로 농염하게 굴렸다. "아하, 그게 정말 물건이지."

"나 버섯 하나는 더 먹을 수 있을 거 같다." 검은 수염이 말했다. "진짜로 버섯 한 개만 더 먹고 싶어. 아가씨가 직접 손으로 먹여 준다면, 버섯 하나 더 먹을 수 있을 것 같은데."

"한번 꼭 드셔 보세요." 푸른 눈의 군인이 탁자 양쪽에 손을 받치고 어찌나 진지하게 이야기하던지, 나는 그 남자가 검은 수염보다 과연 얼마나 더 멀쩡한 상태인지 의심스럽기 시작했다. "진짜 드셔 봐야 하는데, 그것도 오늘 밤에. 드셔 보시고 정말 위스키 같지 않다면 나한테 말해 주세요."

"어쩌면 여기 있을지도 몰라." 작은 상등병이 웨이터 소년을 불렀다. "꼬마야!"

"없습니다, 선생님." 소년이 미소 지은 얼굴로 말했다. 그가 가져다준 디저트 접시에는 푸른색 앵무새들과 뿔이 난 장수풍뎅이들이 그려져 있었다.

"이것들은 영어로 뭐라고 불러요?" 검은 수염이 접시의 그림을 가리키며 말했다. 나는 그 남자에게 대답했다. "앵무새(Parrot)요."

"아, 하나님 맙소사! 엥-무새(Pair-rot)[44]라……." 그 남자

43 Mirabelle. 프랑스의 미라벨 매실을 냉침하여 만든 리큐어로, 알코올 도수는 15도 정도다. 단순 냉침이 아니라 과실을 발효시킨 다음에 증류한 브랜디도 동일한 명칭으로 불리는 경우가 있으며, 이때 알코올 도수는 40도 정도가 된다. 미라벨 매실은 프랑스 로렌 지방에서만 나는 특산품으로, 수입 관련 법상 미국에서는 재배가 금지되어 있다.

44 '앵무새'를 의미하는 영어 단어 'Parrot'을 외국인의 발음대로 'pair-rot'으로 표기했는데, 영어에 존재하는 두 단어의 조합이 '부패한 한 쌍(a rotten pair)'이라는 관념을 암시적으로 떠올리게 해 주기도 한다.

는 접시를 끌어안듯 주변으로 팔을 둘렀다. "사랑해, 내 작은 엥-무새야. 너는 달콤하고, 금발이고, 영국인이지. 넌 위스키랑 미라벨 사이의 차이점도 알지 못하고."

작은 상등병과 나는 서로를 쳐다보며 웃음을 터뜨렸다. 그 남자는 웃을 때 눈살을 잔뜩 찡그리곤 한다. 그래서 그 길고 부드럽게 구부러진 속눈썹밖에는 아무것도 보이지 않지.

"글쎄, 그 물건을 갖다 두는 곳을 제가 알기는 합니다." 푸른 눈의 군인이 말했다. "카페 데자미[45]라고 불리는 곳이죠. 우리 거기 가요, — 제가 돈을 내겠습니다. 여기 우리 모두의 술값을 제가 다 내겠다고요." 그는 몸짓으로 수천 파운드를 품는 시늉을 했다.

벽에 걸린 시계가 크게 윙윙대는 소리를 내며 8시 반을 알렸다. 밤 8시 이후에는 군인들 중 누구도 카페 출입이 금지되어 있었다.

"저 시계가 빨라요." 푸른 눈의 군인이 말했다. 그렇다면 작은 상등병의 손목시계도 빠른 셈이었다. 검은 수염은 접시에서 거대한 순무 잎들을 무척이나 빠른 속도로 솎아 냈고, 접시에 그려진 장수풍뎅이 머리 위쪽에 조심스럽게 쌓아 두었다.

"아, 뭐, 어디 한번 저질러 보는 거지." 푸른 눈의 군인이 말하며, 엄청나게 큰 판지처럼 보이는 자기 외투에 팔을 꿰어 넣었다. "그럴 만한 가치가 있어요." 그가 말했다. "그럴 만하다니까. 딱 기다려 보세요."

바깥에 나오자, 엷게 성긴 구름들 사이로 별들이 빛났고

45 Cafe des Amis. '친구들의 카페'라는 의미.

뾰족한 첨탑 끝에 걸린 달은 촛대의 불꽃처럼 나부꼈다. 어두운 깃털 펜촉 같은 나무들의 그림자가 하얀 집들 위로 물결쳤다. 거리를 오가는 그 어떤 영혼도 보이지 않고, 아무런 소리도 들리지 않는 고요한 침묵 속에서 오직 멀리 떨어져 있는 기차의 증기 기관 소리만이, 거대한 야수가 깊은 잠에 빠진 채로 발걸음을 끌며 걷고 있는 듯 들려왔다.

"당신 추운가 봐." 작은 상등병이 속삭였다. "춥구나, 우리 자기가."

"아니, 정말 안 추운데."

"하지만 몸을 떨고 있잖아."

"그래, 하지만 춥진 않아요."

"영국 여자들은 어때요?" 검은 수염이 물었다. "전쟁이 끝나면 나는 영국으로 갈 거예요. 작고 귀여운 영국 여자를 하나 찾아서 결혼해야지. — 그리고 그의 엥-무새하고도." 그는 큰 소리로 숨을 꺽꺽대며 웃었다.

"이 멍청이!" 푸른 눈의 군인이 그를 잡고 흔들어 대며 말했다. 그러고 나서 그 남자는 내게로 몸을 기울였다. "두 잔째 마시고 난 다음부터 진짜배기 맛을 보게 되는 거예요." 그가 속삭였다. "두 잔이 딱 들어가고 나면 — 아! — 그때 제대로 알게 되는 거죠."

카페 데자미가 달빛을 받아 빛나고 있었다. 우리는 재빨리 도로의 아래위를 살폈다. 나무로 된 계단 네 칸을 뛰어올라서, 종소리가 울리는 유리문을 열고 천장에 매달린 전등으로 불을 밝힌 낮은 방으로 들어갔다. 열 명 남짓한 사람들이 저녁 식사를 하는 중이었다. 그들은 좁은 탁자를 사이에 두고 마주 보는 두 개의 긴 벤치 의자에 앉아 있었다.

"군인들이잖아!" 하얗고 커다란 수프 단지 뒤에서 여자 하나가 화들짝 뛰어오르며 비명을 질렀다. 목덜미가 앙상하게 마르고, 검정 숄을 두르고 있다. "군인들이라니! 대체 이 시간에! 시계를 좀 봐요, 보라고." 그녀는 국물이 뚝뚝 떨어지는 국자로 시계를 가리켰다.

"시계가 빨라요." 푸른 눈의 군인이 말했다. "저 시계가 빠르다고요, 부인. 그리고 시끄럽게 소란 피우지 마세요, 제발! 부탁드리는데, 몇 잔만 마시고 바로 갈 겁니다."

"과연 그럴까?" 그 여자는 식탁 주변을 돌아서 뛰어오더니 우리 앞에 발을 버티고 섰다. "당신들 그러지 않을 거잖아. 이 야심한 시각에, 하루하루 정직하게 살아가는 여자 집에 들어와서 — 소란이나 일으키고 — 경찰이 당신들 뒤를 따라올 테지. 아, 안 돼! 안 돼! 내 망신살을 뻗치게 하려고! 바로 그렇게 되고 마는 거야."

"쉿!" 작은 상등병이 손을 들어 올리며 말했다. 방은 쥐 죽은 듯 고요해졌다. 침묵 속에서 우리는 발자국들이 집 앞을 지나치는 소리를 들었다.

"경찰들이야." 검은 수염이 속삭였다. 그 남자는 귀고리를 한 예쁜 여자에게 윙크를 던졌는데, 그녀도 남자를 향해 은근하고 짜릿한 미소로 화답했다. "쉿!"

식탁 앞에 앉아 있던 얼굴들이 모두 고개를 들고 귀를 기울였다. '이들은 얼마나 아름다운 모습인가!' 나는 생각했다. '신약 성경에 나오는 주님의 마지막 만찬을 나누는 가족들 같구나…….' 발걸음들은 희미해지며 사라졌다.

"당신들 다 잡혀가기라도 했다면 꼴 보기 좋았을 텐데." 화가 난 여자가 호통을 쳤다. "경찰이 오지 않아서 참으로 아쉽구먼. 그게 당신들한테 걸맞은 처사였을 거야. 그게 적절한 처사라고."

"미라벨 한 잔만 마시고 우린 갈게요." 푸른 눈의 군인이 끈질기게 요청했다.

여전히 꾸짖는 말을 웅얼거리며 여자는 찬장에서 유리잔 네 개와 커다란 병 하나를 꺼냈다.

"여기서는 마실 생각하지 말아들. 언감생심!" 그 말을 들은 작은 상등병은 주방 안으로 뛰어 들어갔다. "거기도 아냐! 거기도 아니라고!"

"바보 천치 같으니!" 여자가 외쳤다. "거기 창문이 나 있는 거 안 보이나, 그리고 주방 벽 하나랑 마주 보는 데는 매일 저녁 경찰들이 드나드는 곳인데……."

"쉿!" 또다시 겁을 준다.

"당신들 다 제정신이 아니군. 결국엔 감옥에나 들어가게 될 거야. 당신들 네 사람 모두 다." 여자가 말했다. 그는 여봐란듯이 쿵쿵대며 방을 나갔고, 우리는 까치발로 그녀 뒤를 따라 어둡고 냄새나는 작은 설거지 방으로 들어갔다. 기름진 물, 샐러드 이파리와 고기 뼈들이 담긴 더러운 프라이팬들이 가득했다.

"이제 됐죠." 여자가 유리잔을 내려놓으며 말했다. "어서 마시고 가 버려!"

"아, 마침내!" 푸른 눈의 군인이 내지르는 행복한 목소리가 어둠 속에 스며 갔다. "어때요? 제가 말한 그대로지 않습니까? 정말 탁월한 — 딱-월한 위스키의 맛이 아닙니까?"

검은 모자

(어느 부인과 그의 남편이 아침 식탁에 앉아 있다. 남자는 꽤 차분한 태도로 신문을 읽으며 식사 중이다. 그러나 여자는 묘하게 들떠 있고, 여행을 앞두고 차려입은 모습이며, 그저 음식을 먹는 시늉만 하고 있다.)

여자 아, 혹시 당신 플란넬 셔츠 입을 거면, 리넨 옷가지들 넣어 두는 서랍장 오른쪽, 맨 아래 칸에 있어요.

남자 (그는 어느 육가공 수출업체의 이사회 임원이다.) 아니.

여자 내 말을 듣지도 않았군. 만약 플란넬 셔츠 입을 거면, 리넨 종류 넣어 두는 서랍장 맨 아래 칸, 오른쪽 서랍에 있다니까.

남자 (낙천적으로) 나도 안다고!

여자 내가 떠나는 날 아침인데도, 당신은 신문에서 단 오 분도 눈을 떼지 못하고 있다는 현실이 참 특별하게 느껴지네요.

남자 (가볍게) 사랑하는 여보, 난 자기가 떠나는 걸 원하지 않아. 사실, 가지 말아 달라고 내가 부탁하기도 했지. 자기가 없는 삶을 상상할 수가…….

여자 내가 반드시 필요해서 간다는 걸 당신도 완벽하게 알면서. 이걸 내가 계속 미루고 미루다 보니까 지난번에는 치과 의사가 뭐라고 했냐면…….

남자 알았어! 알았어! 한 얘기 또 하지 말자. 그 문제는 우리가 충분히 검토하고 결정했었잖아, 안 그래?

하인 마차가 도착했습니다, 부인.

여자 내 짐 가방부터 실어 놔 줘.

하인 알겠습니다, 부인.

(여자는 커다란 한숨을 내쉬었다.)

남자 기차 놓치지 않고 타려면 지체할 시간이 별로 없을걸.

여자 알아, 나도. 가요. (목소리 어조를 바꾸어) 여보, 우리 이렇게 헤어지지 말자. 이렇게 떠나면 내 기분이 정말 안 좋단 말이야. 당신은 왜 항상 내가 즐거워하는 순간을 망쳐 놓고 진심으로 기뻐하는 듯 보이는 걸까?

남자 치과 진료를 받으러 가는 게 별로 즐거운 일이라고 여겨지지는 않는데.

여자 그런 말이 아니잖아. 당신은 나한테 상처 주려고 그런 말을 하는 거지. 당신은 항상 그런 식으로 논점을 피하면서 내 속을 뒤집어 놓아야 직성이 풀리나 봐.

남자 (웃음을 터뜨리며) 그리고 자기는 기차를 놓치려고 안달이 났나 보네. 목요일 저녁에 돌아온다고 했지?

여자 (낮고 절망에 찬 목소리로) 그래, 목요일 저녁이야. 그럼 잘 있어. (남자에게 다가가서, 그의 머리를 양손으로 잡는다.) 도대체 뭐가 중요한 거야? 최소한 나를 한번 쳐다봐 주기라도 해. 당신은 — 정말 — 아무렇지도 않아?

남자 사랑하는 내 아내! 이거 무슨 거창한 영화의 퇴장 장면 같네.

여자 (손을 힘없이 떨어뜨린다.) 알았어. 안녕. (식당을 떠나기 전에 마지막으로 몸을 돌려 비극적인 시선을 던진 뒤에 가 버린다.)

(역으로 향하는 길 위에서)

여자 인생이란 얼마나 이상한가! 내가 이런 기분을 느끼리라고는 생각하지 못했어. 그 모든 화려한 기분이 왠지 모두 사라져 버린 것 같네. 아, 이 택시를 되돌려서 돌아갈 수만 있다면 무엇이든 다 줄 텐데. 가장 기묘한 점은, 만약 남편이 정말 나를 사랑한다고 믿게 해 줬다면, 오히려 그런 상태에서 그를 떠나는 일이 지금보다 훨씬 쉬웠을 것처럼 느껴진다는 거야. 좀 괴상한 기분이지. 건초 냄새가 어쩜 이렇게 강하게 풍길까. 오늘 날씨가 정말 더울 건가 봐. 나는 이 들판들을 다시 볼 수 없겠지. 절대로! 다시는! 하지만 다르게 생각해 보면 이런 식으로 일이 벌어져서 다행이야. 완전히 명확하게, 영원히 내가 옳은 쪽이라는 확신을 얻었으니까! 남자는 여자라는 존재를 전혀 원하지 않아. 여자란 그에게 있어서 아무런 의미도 없지. 남자는 자기 자신 말고는 그 무엇도 진정으로 깊이 신경 쓰지 않아. 나는 그가 벗어 놓은 셔츠를 세탁하기 전에 커프스를 빼야 한다는 것이나 기억하는 사람이 되었어. — 그냥 그게 다야! 나는 고작 그 정도로 만족할 수 없어. 나는 젊고 — 자긍심도 높은 사람이니까. 시골 마을에서 하릴없이 무위도식하면서 '우리' 손으로 직접 키운 양상추에 대해서 열변을 토하는, 그런 부류의 여자는 아니라고…….
당신이 나와 결혼한 이래 계속 뭘 시도해 왔는지 알아? 나를 굴복하게 하는 것, 나를 당신의 그림자로 바꿔 놓는 것, 당신은 전적으로 나에게 의존하면서 그저 슬쩍 바라보기만 해도 어떤 수단으로든 정확한 시간을 알려 주는 도구로 나를 만들어 버렸지. 내가 무슨 똑딱거리는 시계라도 되는 양 말이야. 당신은 한 번도 나라는 존재를 궁금하게 여긴 적이 없었어. 내 영혼을 샅샅이 살펴보기를 단 한 번도 원하지 않았다고. 아니 그저 내가 당신의 평화로운 생활의 일부로 정착하기만을 바랐지. 아! 당신의 그런 무지함이 나를 얼마나 격분하게 하는지 — 바로 그 이유로 내가 당신을 얼마나 증오하는지! 난 이제 정말 행복해. — 감사해, — 당신을 떠날 수 있어서 감사해! 나는 순진하고 어리숙한 소녀가 아니야. 자만하는 것은 아니지만, 나도 내 능력이 뭔지 알고 있어. 나는 언제나 부유함과 뜨거운 열정과 자유를 갈망해 왔고, 그것들을 획득하는 일 모두가 내 정당한 권리라고 느껴 왔어. 그런 느낌이 그저 아무런 이유 없이 떠오르지는 않았겠지. (여자는 단추 장식을 한 택시 뒷좌석 등받이에 기댄 채 중얼거렸다.) "당신은 나의 여왕이야. 당신에게 왕국을 바치는 기쁨을 내게 부디 허락해 줘요." (여자는 미소를 지으며 자신의 왕족다운 손을 바라보았다.) 내 심장이 이렇게 빨리 고동치지 않았으면 좋겠다. 정말 내게 고통을 준다니까. 나를 이처럼 지치게 하고 또 나를 그만큼 들뜨게 하지. 어떤 지독하게 서두르는 사람이 문을 다급하게 쾅쾅대며 두드려 대는 것만 같아……. 이 마차는 거의 기어가는 수준이잖아. 이 속도로는 역에 도착하지도 못하겠어. 서둘러! 어서 빨리 가자! 사랑하는 내 애인, 나는 할 수 있는 한 빨리 당신에게 가고 있어요. 그래, 나도 자기처럼 고통스러워. 정말 끔찍하지, 견딜 수 없을 정도잖아요? — 서로 떨어져 있는 이 삼십 분이라는 시간이……. 오, 하나님! 말이 다시 걸음을 떼기 시작했군. 마부는 왜 저 강인한 짐승을 채찍질하며 더 빨리 달리지 않을까……. 우리의 멋진 인생! 우리는 온 세계를 함께 여행할 거야. 우리 사랑을 통해 이 모든 세계가 다 우리 것이 되는 거지. 아, 진정하자! 갈 수 있는 한 가장 빨리 가고 있으니……. 아, 지금부터는 내리막길이군. 이제는 정말 더 빨리 가겠어. (어느 나이 든 남자가 길을 건너려고 한다.) 내가 갈 길에서 비켜, 이 늙은 얼간이야! 저런 인간은 마차에 치여도 마땅하지……. 사랑하는 자기 — 세상에서 가장 사랑하는 내 애인, 이제 거의 다 와 가요. 조금만 더 인내심을 가져!

(역에 도착했다.)

일등석 흡연 객실로 짐을 갖다 놓으세요……. 도착하고 보니 막상 여유가 있네. 기차가 출발하기 전까지 십 분이나 남았어. 그 남자가 아직 도착하지 않았을 만도 하네. 내가 그를 아쉽게 찾고 있는 듯 보여서는 안 되는데. 하지만 확실히 좀 실망했다는 말은 해야겠어. 내가 먼저 도착하리라고는 상상도 못 했거든. 나는 그 남자가 여기 미리 와서 열차에 짐을 싣는 걸 도와주고 내게 신문이랑 꽃다발이라도 사다 주리라 생각했는데……. 정말 이상하지! 종이에 싼 분홍색 카네이션 한 다발을 분명 눈앞에 그리듯 본 것 같은데 말이야……. 내가 카네이션을 얼마나 좋아하는지 그 남자도 알고 있으니까. 하지만 분홍색은, 내가 가장 좋아하는 색은 아니지. 나는 어둡고 진한 빨강이나 옅은 노랑 카네이션을 더 좋아해. 그가 지금

오지 않으면 정말 늦을 텐데. 역무원이 열차 문을 닫기 시작하잖아. 대체 무슨 일이 일어난 거람? 뭔가 끔찍한 일이 생겼나 봐. 어쩌면 마지막 순간에, 그 남자는 그만 스스로에게 총을 쏴 버렸는지도……. 자신이 나의 삶을 망쳐 버렸단 사실이 괴로워서 참을 수 없다며……. 하지만 당신은 내 삶을 망치고 있지 않아. 아, 자기 지금 어디 있어요? 이제 나도 열차 안으로 들어가야 할 시간이야……. 저게 누구지? 저 사람은 그가 아닌데! 그럴 리가 — 맞네, 맞아. 도대체 머리 위에 뭘 갖다 쓴 거야? 검정 모자잖아. 왜 저렇게 끔찍한 걸 쓰고 있지? 인상이 완전히 달라 보이네. 도대체 무엇 때문에 저렇게 못생긴 검정 모자를 쓰고 있는데? 난 절대 그 사람인 줄 몰랐을 거야. 내 쪽으로 다가오는 저 모습이 어쩌면 저렇게 이상할까, 웃으면서, 저렇게 구역질 나는 모자를 쓰고!

남자 사랑하는 자기, 이렇게 늦어 버린 나를 용서할 수가 없네요. 하지만 정말 이상하고, 비극적이면서도 희극적인 일이 생겼거든. (그들은 객차 안으로 들어갔다.) 내 모자를 잃어버렸어요. 그냥 단순히 사라져 버린 거야. 호텔 사람들 절반이 달라붙어서 샅샅이 다 뒤져 봤는데도, 흔적조차 없었어! 그래서 결국, 절망에 빠진 상태로, 그 호텔에 머물던 다른 남자에게 급히 이 모자를 빌려 올 수밖에 없었지. (기차가 움직이기 시작했다.) 자기 화나지 않았죠. (남자는 여자를 끌어안으려 한다.)

여자 하지 말아요! 아직 역을 빠져나가기도 전인데.

남자 (열렬하게) 하나님 맙소사! 세상 전부가 우리를 본들 어때요? 난 신경 쓰지 않는걸. (다시 여자를 안으려 한다.) 나의 경이! 나의 기쁨!

여자 제발 이러지 마! 기차 안에서 키스받는 거 싫어.

남자 (깊은 상처를 받아서) 아, 알았어. 자기 화났군요. 심각하게! 내가 늦게 왔다는 사실을 도저히 그냥 넘어갈 수 없는 거겠지. 하지만 내가 얼마나 고생했는지 자기가 알았다면…….

여자 어떻게 나를 그렇게 속 좁은 사람으로 생각할 수 있어? 난 전혀 화나지 않았어요.

남자 그러면 왜 키스도 못 하게 하는데?

여자 (발작하듯 웃으며) 왠지 자기가 너무 달라 보여서 — 거의 낯선 사람 같다고.

남자 (펄쩍 일어나 불안한 모습으로 거울에 자신을 비춰 본다. 여자는 그 모습마저 얼간이 같다고 생각한다.) 하지만 뭐 그래도 괜찮은데, 그렇지 않아요?

여자 아, 뭐 괜찮죠. 완벽하게 괜찮아. 아, 아, 아! (여자는 큰 소리로 웃기 시작하며 분노의 눈물까지 흘린다.)

(그들은 목적지에 도착한다.)

여자 (남자가 택시를 잡는 동안) 난 이 현실을 극복해야만 해. 이건 거의 집착이야. 물건 하나가 한 남자를 저렇게 바꿔 놓을 수 있다는 게 대단하군. 그에게 얘기해야겠다. 그냥 단순하게 얘기하면 되지. '도심에 도착했으니까 모자를 새로 사는 게 낫지 않겠어?' 하지만 그러면 내가 그 모자를 얼마나 끔찍하게 봐 왔는지, 그가 알아 버리잖아. 그리고 진짜 희한한 점은 그 스스로 그 사실을 모른다는 거지. 그러니까 내 말은 그가 거울 속에 비친 자신의 모습을 보고서도, 그 모자가 그렇게 우스꽝스럽다고 생각하지 않는다면, 우리 관점은 도대체 얼마나 다를 수밖에 없을 것인가……. 얼마나 궁극적인 차이일까! 지금 저 모습 그대로 그를 거리에서 처음 봤더라면, 나는 저런 모자를 쓴 남자를 절대 사랑할 수 없으리라고 말했을 것이다. 통성명조차 나눌 일이 없었겠지. 저런 사람은 결코 내 취향이 아니라고. (여자는 주변을 둘러보았다.) 다들 저 모자를 보고 웃고 있네. 글쎄, 놀랍지도 않다! 저 모자를 쓰니까 그이의 귀가 저렇게 볼품없이 튀어나오고, 뒤통수가 저리도 납작하고 평평하게 보이는데.

남자 택시가 와 있어요, 여보. (그들은 마차 안으로 들어간다.)

(여자의 손을 잡으려고 하며) 우리 둘이서 함께 차를 타고, 이렇게 정말 아무렇지도 않게 달릴 수 있다니 기적 같군.

(여자는 베일을 꼼꼼히 고쳐 썼다.)

남자 (다시 여자의 손을 잡으려고 하며, 매우 열정적인 태도를 보인다.) 방은 하나만 잡을게요, 내 사랑.

여자 아, 안 되지! 당연히 두 개 잡아야죠.

남자 그렇지만 수상한 커플로 보이지 않는 편이 더 현명하지 않을까?

여자 난 내 방이 따로 있어야만 해요. (스스로에게 혼잣말로) 그 흉측한 모자는 당신 방문 뒤에나 실컷 걸어 두라고! (여자는 발작하듯 웃기 시작한다.)

남자 아! 하나님 감사합니다! 나의 여왕님께서 다시 행복해지셨군!

(호텔에서)

지배인 네, 선생님. 잘 알았습니다. 선생님께 딱 맞는 방이 저희에게 있을 것 같군요. 부디 이쪽으로 와 주십시오. (그 남자는 그들을 작은 응접실로 인도한다. 거기에 침실 하나가 딸려 있는 구조다.) 이 방이라면 두 분께서 지내시기 적당하시겠죠, 그렇지 않습니까? 그리고 원하신다면 소파에서도 따로 주무실 수 있도록 침구를 준비해 드릴 수도 있습니다.

남자 아, 딱 좋아요! 아주 좋습니다!

(지배인이 나간다.)

여자 (머리끝까지 성이 나서) 내가 따로 나만의 방을 원한다고 말했잖아. 지금 내 앞에서 무슨 수작을 부리는 거야! 나는 방 하나를 함께 쓰고 싶지 않다고 당신한테 분명히 말했어요. 어쩌면 나를 이런 식으로 대할 수가 있어? (여자는 남자의 말투를 흉내 낸다.) '딱 좋아요! 아주 좋습니다!' 난 이 일을 절대로 용서하지 않을 거야!

남자 (완전히 기가 죽어서) 아, 하나님, 무슨 일이 일어나고 있는지! 도저히 이해가 안 돼, — 어찌 된 영문인지 전혀 모르겠어요. 왜 갑자기 자기는, 바로 오늘 같은 날에, 날 사랑하기를 멈춘 건가요? 내가 무슨 짓을 했지? 말해 줘요!

여자 (소파에 풀썩 앉는다.) 나 너무 피곤해. 당신이 날 사랑한다면, 제발 날 좀 내버려 둬요. 나는 — 나는 그냥 잠깐 혼자 있고 싶을 뿐이야.

남자 (부드럽게) 알았어요. 내가 이해하도록 해 볼게. 정말 조금은 이해하기 시작했어. 나는 한 삼십 분 정도 나가 있다가 올 테니까, 그러고 나면, 내 사랑, 자기도 조금 기분이 나아지겠죠. (남자는 주의가 산만해져서 주변을 살핀다.)

여자 왜 그래?

남자 내 심장 같은 사람 — 자기가 내 모자를 깔고 앉았어요. (여자는 큰 소리로 비명을 질렀고 일어나서 침실로 들어간다. 남자가 방을 나간다. 여자는 잠시 기다리다가 베일을 벗고 자신의 짐 가방을 집어 든다.)

(택시 안에서)

여자 네, 워털루요. (여자는 등을 기대고 앉는다.) 아, 탈출했다. — 탈출했다고! 집으로 향하는 오후 기차 시간에 딱 맞춰서 탈 수 있겠어. 오, 꿈만 같구나, — 저녁 식사 시간 전에는 집에 도착해 있으리라는 사실이! 그이에게는 그 도시가 너무 더웠다거나 치과 의사가 자리를 비웠더라고 말해야지. 무슨 상관이람! 나는 내 집에 들어갈 권리가 있어……. 역에서 집까지 마차를 타고 돌아가는 길이 아주 근사하겠지. 들판에서 풍겨 오는 냄새가 정말 달콤하게 느껴질 거야. 집에는 어제 먹다 남은 차가운 새 요리와 오렌지 젤리가 있을 거고……. 내가 미쳤었지, 하지만 이제 다시 제정신을 찾았다. 오, 나의 남편이여!

시소

봄이다. 사람들은 파릇하게 돋아나는 풀밭을 찾아 밖으로 나온다. 그들 눈동자는 따스한 바닷속을 걸어 다니는 사람들의 눈처럼 어느 한 지점에 고정되어 있고, 꿈꾸는 듯 몽롱하다. 데이지는 아직 필 때가 아니지만, 그들이 더 깊이 도달할 때마다 달콤한 풀 향기는 미세한 파도가 더해지듯 조금씩 높아지고, 강해진다. 나무들 잎이 무성하게 만발해 있다. 부채처럼 넓적한 잎들, 고리처럼 동글동글한 잎들, 다양한 녹색의 키 크고 풍성한 깃털 같은 잎들이 눈으로 볼 수 있는 최대한 멀리까지 펼쳐져 있다. 가벼운 산들바람이 불어 그들을 흔들고, 같은 방향으로 한데 모아서, 다시금 자유롭게 나부끼게 한다. 파란 하늘에는 조그만 흰 구름 뭉치들이 드문드문, 한 떼의 아기 오리들처럼 떠다닌다. 사람들은 잔디밭 위를 이리저리 거닌다. — 나이 든 사람들은 겨우내 꾸벅꾸벅 졸다 깨어난 숨을 가쁘게 뻑뻑 내쉬거나 뒤뚱거리며 걷곤 한다. 젊은 사람들은 갑자기 손에 손을 맞잡고 텅 빈 곳의 나무 그늘이나, 아니면 끝부분만 노랗게 피어나 어둑어둑한 빛깔의 가시금작화 덤불로 향한다. — 거의 뛰다시피 하는 잰걸음으로, 마치 잡목 숲에 붙들린 사랑스럽고 작은 짐승이 외치는 구조 요청을 듣기라도 한 것처럼.

자그마한 녹색 언덕 꼭대기에는 사람들이 매우 좋아하는 벤치가 하나 있다. 그 옆으로 거대한 버섯 모양의 어린 밤나무 한 그루가 자란다. 그 아래 땅은 여기저기 움푹 파이고 허물어져서, 점토질의 깊은 구덩이가 — 동굴, 혹은 거의 토굴 형태의 집 같은 공간이 — 서너 개 만들어져 있다. 그중 하나에 작은 사람들 둘이 소꿉 살림을 차렸다. 깜찍하게 작은 곡괭이 하나, 텅 빈 성냥갑, 뭉툭한 대못 하나와 작은 부삽 하나가 가구를 대신한다. 작은 남자아이는 앞머리를 길게 낸 상태로 자른 붉은색 머리에 연푸른색 눈동자를 지녔는데, 빛바랜 분홍색 셔츠를 입고 단추로 여미는 갈색 단화를 신었다. 작은 여자아이는 꽃송이를 꽂아 둔 곱슬머리를 노란색 리본으로 묶고 원피스를 이중으로 입었다. — 이번 주에 입어야 하는 옷을 안쪽에 입고, 지난주에 입었던 옷을 겉으로 겹쳐 입은 모습이다. 그 때문에 여자아이의 몸집은 다소 둔해 보였다.

"불 피울 장작 나뭇가지를 가져오지 않으면," 여자가 말했다. "저녁은 없을 줄 알아." 여자는 콧등을 찡그리고 남자에게 엄격한 시선을 보냈다. "당신은 내가 이 불을 피워야 한다는 사실을 잊어 먹은 것 같아." 남자는 까치발을 선 채 발끝으로만 몸의 균형을 잡으며, 이 공격을 수월히 받아들였다. "그럼 — 내가 나뭇가지를 어디서 찾아와?"

"아." 여자가 조금 놀라며 말했다. "당연히 아무 데서든지." 그러고 나서 그녀는 남자만 들을 수 있을 정도로 작게 속삭였다. "진짜 나뭇가지는 아니라도 돼. — 알겠지?"

“아아.” 남자가 숨을 토해 냈다. 그러고는 큰 소리로 또박또박 외쳤다. “그러면 내가 가서 장작 나뭇가지를 좀 가져올게.”

남자는 순식간에 한 팔 가득 뭔가를 안고 돌아왔다.

“이게 2펜스어치야?” 여자가 치마를 벌려 전리품을 받으며 말했다.

“글쎄.” 남자가 말했다. “나도 몰라, 지나가는 아저씨가 그냥 나한테 준 거거든.”

“아마 망가진 것들인가 봐.” 여자가 말했다. “우리가 이사 올 때, 그림 두 개가 망가졌는데, 우리 아빠가 그걸 부숴서 불을 피우는 데 썼거든. 그래서 우리 엄마가 뭐라고 했냐면 — 우리 엄마가…….” 여자는 잠시 멈칫했다. “군인들이 그렇지 뭐!”

“그게 무슨 말이야?” 남자가 물었다.

“세상에!” 여자가 남자를 향해 눈을 커다랗게 떴다. “너는 그것도 몰라?”

“몰라.” 남자가 말했다. “그게 무슨 뜻인데?”

여자는 치맛자락을 조금 지분거리고 손으로 동그랗게 말더니, 갑자기 시선을 돌려 버렸다. — “아, 그만 좀 귀찮게 해라, 얘.” 여자가 말했다.

남자는 그 반응에 별로 신경 쓰지 않았다. 남자는 작은 곡괭이를 들어 콩콩 찧어서 그들 주방 바닥을 한 조각 잘라 냈다.

“신문 왔어?”

남자가 아무것도 없는 허공에서 가상의 신문 한 부를 뽑아낸 뒤 여자에게 건넸다. 찍, 찍, 찍! 여자는 신문을 세 부분으로 찢었다. — 무릎을 꿇고 앉아 그 위에 장작 막대기들을 얹었다. "성냥 붙여 줘." 진짜 성냥갑을 얻어 온 것은 혁혁한 성과였다. 그리고 뭉툭한 나사못 한 줌도. 하지만 이상도 하지. — 칙, 칙, 칙, 불이 붙지 않았다. 그들은 실망스러운 얼굴로 서로를 쳐다봤다.

"다른 쪽으로 해 봐." 여자가 말했다. 치이익. "아! 이제야 됐네." 빛이 크게 타올랐다. — 그리고 그들은 바닥에 주저앉아 파이를 만들기 시작했다.

밤나무 옆 벤치로 뚱뚱하고 나이 든 아기들 둘이 뒤뚱뒤뚱 걸어와서 철퍼덕 주저앉았다.

여자는 라일락색으로 가장자리를 장식하고, 라일락색 벨벳 끈이 달린 보닛을 쓰고 있었다. 검은색 새틴 코트에 레이스 타이를 둘렀다. — 검은색 염소 가죽 장갑이 터져 나갈 듯 간신히 끼워 넣은 양손의 보랏빛 살갗이 살짝 보였다. 남자의 퉁퉁 붓고 나이 든 얼굴 피부는 긴장한 듯 뻣뻣했고 탄력 없이 희멀겋다. — 벤치에 앉은 남자는 거대하고 부드러운 자신의 배를 움켜잡고 있었다. 위장에 거친 자극을 가하지 않도록 최대한 조심스러워하는 태도였다.

"매우 덥군." 남자가 말했다. 이윽고 그는 낮고 괴상한, 트럼펫에서 나는 것 같은 비명 소리를 작게 냈는데, 여기에 아무런 반응을 보이지 않는 모습으로 보아 여자는 이미 그 소리에 익숙해진 듯했다. 여자는 눈앞에 펼쳐진 아름다운 풍경을 바라보며 몸을 한두 차례 떨었다.

"넬리가 어젯밤에 손가락을 베었대."

"아, 그래?" 콧김을 킁킁 내뿜으며 나이 든 남자가 말했다. 그러고 나서 한참 후에 — "어쩌다 그렇게 됐데?"

"저녁 먹다가." 대답이 돌아왔다. "식사용 나이프로."

그들은 둘 다 앞쪽 먼 곳을 응시했다. — 숨을 헐떡이며 — 그러고 나선, "많이 다쳤데?"

연약하고 지친, 나이 든 목소리는 어쩐지 희미하게 냄새가 나는 검은 레이스 한 조각을 떠올리게 했다. "그렇게 많이 다치진 않았대."

남자는 다시 그 낮고 이상한 신음을 질렀다. 남자는 모자를 벗고, 챙 가장자리를 문지르더니 다시 모자를 썼다.

남자 옆에서 말하는 목소리에는 어쩐지 묘한 악의가 섞여 있는 듯했다. "내 생각엔 아마 엉뚱한 데 정신이나 팔다 그랬겠지." 그러자 남자가 뺨을 홀쭉하게 빨아들이며 힘주어 대답했다. "당연히 그럴 수밖에 없지!"

바로 그때 작은 새 한 마리가 그들 위에 드리운 어린 밤나무 가지로 날아왔다. — 그리고 폭발적으로 분출하듯 노래를 지저귀며 나이 든 자들의 머리를 온통 어지럽혔다.

남자는 모자를 벗고 몸을 일으켜서 새가 있는 방향으로 나무를 세게 쳤다. 새는 날아갔다.

"새똥이 우리 위로 떨어지면 안 되잖아." 남자는 말하면서 배를 조심스럽게 낮춰 가며 앉았다. — 다시금 조심스럽게.

불이 화르륵 붙었다.

"오븐 안에 손을 넣어 봐." 여자가 말했다. "그리고 뜨거운지 봐 봐."

남자는 손을 집어넣었다가 찢어지는 비명 소리를 내며 손을 빼더니, 위아래로 몸을 배배 꼬며 춤을 추었다. "진짜 뜨거워." 남자가 말했다.

이 말이 여자를 매우 기쁘게 한 것 같았다. 여자는 몸을 일으켜 남자에게로 다가가서 손가락으로 그를 만졌다.

"나랑 노는 게 좋아?" 남자가 말했다, 그 남자만의 조그맣고 확고한 방식으로. "그래, 정말 좋아." 그 말을 들은 여자는 남자에게서 확 멀어지며 외쳤다. "너 이렇게 자꾸 이상한 거나 물어보면서 귀찮게 하면 난 절대 일을 끝내지 못할 거야."

여자가 불을 쿡쿡 쑤셔 대는 동안 남자가 말했다. "우리 개한테 아기 고양이들(kittens)이 생겼어."

"고양이들!" 여자가 뒤로 물러앉았다. — "개가 아기 고양이를 가질 수 있니?"

"당연하지." 남자가 말했다. "작은 애들, 너도 알잖아."

"하지만 아기 고양이들은 고양이한테서 나오는데." 여자가 울부짖었다. "개들은 아니야. 개들이 낳는 아기는 —" 여자는 말을 멈추고 눈앞을 빤히 쳐다봤다, — 정확한 단어를 생각하며 — 그러나 떠오르지 않았다. — 그 단어는 기억에서 사라졌다. "개들은 —"

"아기 고양이들이라니까." 남자가 외쳤다. "우리 개가 두 마리 낳았어."

여자는 남자를 향해 발을 동동 굴렀다. 분노로 인해 여자의 얼굴은 온통 분홍색이 되었다. "아기 고양이들 아니야." 여자가 흐느끼듯 말했다. "그건 —"

"맞거든 — 맞거든 — 맞거든." 남자가 부삽을 휘두르며 고함을 쳤다.

여자는 겉에 입은 원피스를 머리 위로 벗어 던지고 울음을 터뜨리기 시작했다. "아니야 — 그건 — 그건……."

갑자기, 한순간의 사전 경고도 없이, 남자는 입고 있던 앞치마를 번쩍 들어 올리고 물을 줄줄 흘렸다.

그 소리에 여자가 몸을 일으켰다.

“네가 무슨 짓을 했는지 좀 봐.” 여자가 말했다. 그녀는 너무도 질겁한 나머지 더는 울음을 이어 갈 수 없었다. “네가 내 불을 다 꺼 버렸잖아.”

“아, 신경 쓰지 마. 우리 이사 가면 되지. 곡괭이랑 성냥갑 들고 와.”

그들은 그 옆 토굴로 자리를 옮겼다. “여기가 훨씬 좋네.” 남자가 말했다.

“얼른 가.” 여자가 말했다. “그리고 내가 불 피우게 나뭇가지 좀 가져 와.”

위쪽 두 늙은 아기들의 배 속에서 꾸르륵대는 소리가 나기 시작했다. 그 신호에 순종하며 그들은 아무 말 없이 자리에서 일어나 뒤뚱대며 사라져 갔다.

이 꽃

"내가 지금 얘기하잖아, 우리 바보 양반. 쐐기풀처럼 꼬인 위기 상황에서, 우리가 이 꽃만 제대로 뽑아 버리면, 그다음은 안전할 거야."

그곳에 누워 천장을 바라보며, 여자는 형언할 수 없는 감정이 북받치는 자신만의 순간을 보내고 있었다. — 그렇다, 그건 온전히 자신만의 것이었다! 그리고 그것은 그가 지금까지 생각하거나 느껴 본 적 있는 어떤 것과도 관련되어 있지 않았다. 심지어 의사가 내내 쉬지 않고 늘어놓던 말들과도 관련이 없었다. 그것은 단일하고, 강렬하게 빛나며, 완결된 순간의 경험이었다. 그것은 마치 — 진주 같았다. 다른 경험과는 견주기 어려울 정도로 흠 없이 매끈하고 온전하므로……. 방금 일어났던 일을 그 여자가 묘사할 수 있을까? 불가능했다. 비록 그녀에게 의식은 없었으나(물론 그는 그 일이 진행되는 내내 의식을 갖추고 있지 않았다.), 그 일은 삶의 흐름에 대항하여 싸우고 있는 것만 같았다. — 정말로 삶의 흐름 그 자체지! — 그러나 그녀는 갑자기 대항하기를 멈췄다. 아, 그 이상이었지!

그녀는 완전히 항복하고, 절대적으로 굴복하며, 모든 극미한 맥박과 신경 줄기까지 전부 내려놓으면서 그 흐름 내부의 환한 품 안으로 스러졌고, 그것은 그녀를 태(胎) 안으로 받아들였다……. 그는 그가 있는 방의 일부가 되었다. ― 남쪽 지방에서 피는 아네모네를 가득 묶은 꽃다발의 일부, 옅은 바람을 받아 뻣뻣하게 흔들리는 흰색 망사 커튼의 일부, 여기저기 매달린 거울들의 일부, 하얀 실크 깔개들의 일부가. 고음조로 떨려 나오는 시끄러운 아우성, 밖에서 내내 들려오는 작은 종소리들과 외침으로 인해 이따금씩 깨지는 소음의 일부가 되었고 ― 나뭇잎들과 빛의 일부가 되었다.

다 끝났다. 그 여자는 일어나 앉았다. 의사가 다시 등장했다. 아직도 목 주변에 청진기를 두르고 있는, 이 이상하고 작은 몸집의 인물은 ― 그녀는 의사에게 자신의 심장 상태도 진찰해 달라고 부탁했다. ― 새로 씻은 손을 쥐어짜고 치대면서, 그에게 말을 했다…….

여자가 이 의사를 만나 본 것은 이번이 처음이었다. 로이는 물론 자신의 인생에서 극적인 순간을 누릴 만한 아주 작은 기회조차 놓칠 리 없는 사람이기에, 로이가 평소에 믿고 따르며 모든 것을 털어놓는다는 어떤 남자와 상의하여 이 의사의 다소 수상한 블룸즈버리 진료소 주소를 얻어 왔다. 로이가 언급한 그 남자는 그 여자를 결코 만난 적 없어도, "그들에 대한 모든 것들"을 다 안다고 했다.

"우리 자기." 로이가 말했었다. "우리는 절대적으로 남들에게 잘 알려지지 않은 사람을 만나 보는 편이 나을 것 같아. 혹시 모를 상황에 ― 어, 우리 둘 중 누구도 원치 않는 그런 상황에 대비해서 말이야. 이런 종류의 일에는 아무리 조심해도 지나치지 않지. 의사들이란 슬쩍슬쩍 입을 열고 말을 흘린다니까. 그런 얘기를 안 한다면 완전 말도 안 되지." 그러고 이어서, "누가 이 사실을 알게 되든 말든, 난 조금도 신경 쓰지 않지만 말이야. 그러니까 내가 그 사실을 하늘에 대문짝처럼 써서 온 세상에 알리거나, 혹은《데일리 미러》1면에 우리 두 사람 이름을 나란히 싣고 싶지 않다는 뜻은 아니야. 물론 자기가 허락해야겠지만 — 심장 모양의 하트에다, 알지? — 화살이 관통한 그림을 함께 넣어서 말이야."

물론 그럼에도 불구하고, 은밀하고 신비한 공모에 대한 로이의 사랑이나, "우리 비밀을 아름답게 간직하고 싶은"(로이의 표현이다!) 그 남자의 열정이 결국 승리를 거뒀고, 로이는 지금 눈앞에 있는 이 흠뻑 젖은 생쥐를 닮은 작은 남자를 데려오기 위해 쏜살같이 택시를 타고 사라졌다.

여자는 자신의 무심한 목소리가 이렇게 말하는 소리를 들었다. "이건 킹 씨에게 아무 언급도 하지 말아 주실 수 있나요? 꼭 말씀하셔야 한다면, 그냥 지금 제가 몸이 좀 피로해서 심장에 잠시 휴식이 필요하다고만 말씀해 주세요. 심장이 좋지 않은 것 같다고 제가 예전부터 불평해 왔거든요."

의사가 어떤 종류의 사람인지, 로이의 판단은 너무도 정확하게 옳았다. 의사는 묘하게 음흉한 시선으로 그를 잽싸게 훑어보고는 떨리는 손가락으로 청진기를 벗어서 접은 다음, 거의 낡아 떨어진 캔버스 신발처럼 보이는 가방에다 집어넣었다.

"걱정 말아요, 아가씨." 의사가 쉰 목소리로 말했다. "내가 찬찬히 봐 줄 테니까."

흉물스러운 두꺼비 같은 작자에게 아쉬운 부탁이나 해야

하다니! 그녀는 발로 땅을 디디고 번쩍 일어나서, 보라색 천으로 된 재킷을 집어 들고 거울 앞으로 다가갔다. 문에서 부드러운 노크 소리가 났다. 그리고 로이는 — 정말로 창백한 안색이었다. 반쯤 미소 짓다가 마는 로이 특유의 표정을 하고 — 방 안으로 들어와서 의사에게 소견을 물었다.

"글쎄요." 의사가 모자를 집어서 가슴팍까지 들어 올린 채로 거기 새긴 자신의 문신을 두들기며 말했다. "제가 할 말은 그저 부인께서 — 아니, 음 — 마담께서 잠시 쉬길 원하신다는 거죠. 조금 피로하신 상태거든요. 심장이 조금 긴장되어 있어요. 그 밖의 다른 문제는 아무것도 없습니다."

거리에서 손풍금 악사가 무엇인가 명랑한 곡조의 음악을 연주하며 웃음을 터뜨리고, 작은 트릴과 진동을 마구 넣어 뒤죽박죽이 된 소리를 희롱하듯 쏟아 냈다.

제가 할 말은 그저, 제가 할 말은,
제가 할 말은 그저, 그게 다예요.

그 노래가 여자를 조롱하는 것 같았다. 시끄러운 소리가 어찌나 가까이서 들리던지 손풍금을 연주하는 사람이 의사 본인이었다고 해도 그는 놀라지 않았을 터다.

그녀는 로이의 미소가 짙어지는 모습을 보았다. 로이의 눈동자가 광채를 빛내며 불타올랐고, 작은 소리로 "아!" 하는 안도와 행복의 한숨을 내쉬었다. 그리고 잠시 동안 로이는 의사가 지켜보든 말든 전혀 상관하지 않고, 여자를 농염한 시선으로 마음껏 바라보았다. 여자가 너무도 잘 아는 로이의 그 뜨거운 시선이 그녀 자신을 온통 삼켜 버리는 것 같았다. 그녀는 빛바랜 캐미솔의 리본을 묶고, 조그만 보라색 면 재킷을 걸쳤다. 로이는 다시 의사에게로 몸을 돌렸다. “멀리 가야겠네요. 즉시 바닷가로 휴양을 떠나야겠어요.” 로이는 말했고, 이어서 심각하게 불안한 목소리로 물었다. “음식은 어떤 걸 먹어야 하나요?” 긴 거울에 비춰 보며 재킷 단추를 채우다가, 그 질문에 여자는 로이를 향해 웃음을 터뜨릴 수밖에 없었다.

“그래, 웃어.” 로이는 항의하며, 그와 의사를 향해 명랑하게 웃었다. “하지만 제가 음식을 챙기지 않으면, 의사 선생님, 저 사람은 캐비어 샌드위치나 백포도 외엔 아무것도 먹으려 들지 않을 거예요. 와인은 어떨까요. — 와인을 마시면 안 되나요?”

와인은 그에게 아무런 해도 끼치지 않을 것이다.

“샴페인이라면.” 로이가 애원했다. 그 남자가 어찌나 그 상황을 즐기고 있는지!

“아, 드시고 싶은 만큼 샴페인 드셔도 됩니다.” 의사가 말했다. “그리고 정말 드시고 싶다면 점심 식사를 하시면서 브랜디와 탄산음료 정도는 괜찮아요.”

로이는 그 말에 좋아서 어쩔 줄 몰랐다. 그 말이 그 남자를 엄청나게 간지럽혔다.

“방금 들었어?” 로이가 엄숙하게 물었다. 터져 나오는 웃음을 참느라 눈을 깜박이며 뺨을 안쪽으로 빨아들이듯 앙다물었다. “브랜디랑 탄산음료 마시고 싶어?”

그리고 멀리 떨어진 곳에서, 희미하고 지친 손풍금 연주 소리가 들렸다.

브랜디와 탄산음료,

브랜디와 탄산음료 주세요!
브랜디와 탄산음료 주세요!

의사도 그 소리를 들은 것 같았다. 의사는 여자와 악수를 나누었고 로이가 의사를 복도로 데리고 나가서 수고비를 지불했다.

그녀는 현관문이 닫히는 소리를 들었고 그리고 — 복도를 따라 바쁘게, 빠르게 달려오는 발걸음을 들었다. 이번에 그 남자는 여자 방에 노크도 없이 불쑥 들어왔고, 여자는 그 남자의 팔에 꽉 안겨서 조그맣게 으깨져 버릴 것 같았다. 그 남자는 따뜻한 키스를 연거푸 여자에게 퍼부으며 간간이 중얼거렸다. "우리 자기, 내 아름다운 사랑, 나의 기쁨. 당신은 내 거야. 당신은 이제 무사해." 그리고 세 번, 부드럽게 내뱉는 신음. "아! 아! 아! 이제 안심이야!" 여전히 자신의 팔로 그 여자를 끌어안은 채 남자는 지쳐 버리기라도 한 듯, 그녀 어깨에 머리를 묻었다. "내가 얼마나 겁먹었는지 알기나 해." 그가 중얼거렸다. "이번에는 우리 정말 제대로 큰일 났다고 생각했어. 정말 그랬어. 만약 그랬다면 진짜 — 끝장이지! — 정말 끝장났을 거야!"

잘못 찾아온 집

"안뜨기 두 번 — 겉뜨기 두 번 — 털실은 바늘 앞으로 — 그리고 둘을 같이 엮는다." 오래된 노래처럼, 평소 얼마나 자주 혼자서 흥얼거리는지 가끔은 그저 숨을 쉬기 위해서 그 노래를 하는지도 모를 정도가 되어 버린 가락을 웅얼웅얼 읊조리며, 그는 뜨개질 본을 뒤집었다. 선교 및 구호 지원 단체에 보낼 손뜨개 조끼 또 한 벌이 거의 다 완성되었다.

"부인께서 짜 주시는 조끼 말씀입니다, 빈 부인, 뜨개질 솜씨가 워낙 훌륭하시잖아요. 걸칠 실오라기라고는 하나도 없는 이 불쌍한 어린것들을 좀 보세요!" 그러고 나서 교회 사람은 보기만 해도 눈살이 찌푸려지는 조그만 흑인 아이들의 사진을 보여 주었다. 아이들의 불룩 튀어나온 배는 둥근 레몬 모양을 하고 있었다…….

"안뜨기 두 번 — 겉뜨기 두 번." 뜨개질감이 그의 무릎 위로 떨어졌다. 그는 매우 긴 한숨을 푸욱 내쉬었고, 잠시 눈앞의 빈 공간을 응시하다가 이윽고 뜨개질감을 집어 들더니 다시 시작했다. 그렇게 심각한 한숨을 쉴 때 그는 무슨 생각을 했을까? 아무 생각도 하지 않는다. 그건 그냥 습관일 뿐이다. 그는 언제나 한숨을 쉬곤 한다. 특히나 계단 앞에서. 계단을 오르내릴 때마다 그는 문득 멈춰 선다. 한 손으로는 드레스 자락을 걷어 올려 쥐고, 다른 한 손으로 난간을 잡은 채, 계단을 바라보며 — 이렇게 한숨을 쉰다.

"털실은 바늘 앞으로……." 그는 거리를 향해 나 있는 식당 창문 앞에 앉았다. 으슬으슬하고 혹독한 가을날이었다. 바람은 여윈 개처럼 거리를 치달았다. 거리 맞은편에 듬성듬성 늘어선 집들은 못생긴 철제 가위 한 벌로 아무렇게나 잘라 내서 회색 종잇장 같은 하늘에 서툴게 붙여 둔 것처럼 보였다. 길거리에 돌아다니는 영혼이라고는 코빼기도 보이지 않았다.

"둘을 같이 엮는다!" 시계가 종을 세 번 쳤다. 아직 3시밖에 안 됐어? 벌써 땅거미가 내리는 것 같았는데. 어스름이 방 안까지 밀려 들어왔다. 묵직하고 미세한 분말 같은 어스름이 집 안의 가구들 위에 자리를 잡고, 거울에 어둡고 흐릿한 막을 씌웠다. 이제야 주방 시계가 3시를 알렸다. — 2분 늦게 — 주방 시계가 아니라 이 시계가 정확하니까. 그는 집에 혼자 있었다. 돌리카는 장을 보느라 외출했다. 집을 나가 있던 게 2시 15분 전부터인데. 정말, 그 애는 점점 게을러진다! 도대체 그 시간 내내 뭘 했담? 닭고기를 사 오는 데 아무리 시간이 걸려도 정도가 있지……. 그리고 아, 불을 지필 때마다 화로의 둥근 열판을 쓰러뜨리곤 하는 그 애의 습관이란! 그러고 나서 그는 입술을 못마땅하게 꾹 다물었는데 지난 삼십오 년간 돌리카의 그런 습관을 떠올릴 때마다 매번 짓던 표정이었다.

거리에서 희미한 소음이 들려왔다. 말발굽이 내는 소리다. 그는 자세히 보려고 몸을 앞쪽으로 뻗었다. 세상에 맙소사! 장례식 운구 행진이었다. 첫 번째로 앞장선 것은 유리 마차[46]다. 니스를 발라서 반짝반짝 빛나는 관(그러나 애도의 화환은 얹혀 있지 않았다.)을 안에 싣고 활기차게 지나치는 마차 앞쪽에는 남자 마부 세 사람이 타고, 뒤쪽에 두 사람이 더 매달린 채 서 있었다. 그러고 나서 일부는 검은 말, 일부는 갈색 말이 끄는 마차 몇 대가 더 뒤따랐다. 흙먼지가 뿌옇게 도로를 뒤덮으며 일어났다. 행렬의 반쯤은 먼지 돌풍에 가려서 제대로 보이지 않았다. 그는 블라인드를 끝까지 내려 둔 집이 어디인지 알아보려고 맞은편 집들을 찬찬히 살폈다. 끔찍하도록 너저분한 몰골을 한 남자들이라니! 웃음을 터뜨리고 경박한 농담이나 일삼고 있다. 한 남자가 옆으로 몸을 기울이더니 검은색 장갑으로 코를 팽 풀었다. — 역겨워라! 그는 뜨개질감을 모아서 거기에 손을 숨겼다. 돌리카도 당연히 알고 있었을 거야……. 이들이 여기를 이렇게 지나간다고……. 거리 건너편 끝의 집인가…….

이게 뭐지? 무슨 일이야? 이 소리의 의미는 대체? 사람 살려, 신이시여! 그의 나이 든 심장이 뭍에 나온 물고기처럼 정신없이 벌떡거리다 아래로 쿵 떨어지고 말았다. 유리 마차가 그의 집 대문 바깥쪽으로 다가오면서, 남자들은 마차의 앞쪽과 뒤쪽에서 잽싸게 뛰어내렸다. 그들 중 중 가장 키가 큰 사람이 좀 놀랐다는 눈길로 창문을 힐끗 응시했다. 그러고는 소리도 내지 않고 단숨에 정원 길을 가로질러 이쪽으로 다가

46 glass coach. 일반적인 사륜 짐마차(hackney)보다 더 고급스러운 마차로 결혼이나 장례 등의 예식에 쓰이며, 주로 개인이 하루 혹은 단기 임대하는 형태로 쓴다.

왔다.

"아니야!" 그는 신음하듯 그르렁댔다. 그러나 맞았다. 충격의 감각이 그의 머리 위로 떨어져 내렸고 일시적으로 그를 마비시켰다. 그는 숨이 턱 막혀 왔고 엄청나게 오싹한 전율이 몸 전체를 관통했다. 그 충격은 마침내 그의 손과 무릎에 또아리를 틀었다. 그는 현관의 남자가 한 발짝 물러나면서 다시 한 번 블라인드를 향해 이상하다는 눈초리를 주는 모습을 보았다. 그리고 또다시 —

"안 돼!" 그는 끓는 소리를 내며 비틀비틀, 손에 잡히는 것들을 아무렇게나 부여잡으며, 심장이 멎는 충격이 다시 한 번 떨어지기 전에 문으로 가고자 안간힘을 썼다. 그가 문을 열자 턱이 오들오들 떨리며 맞물린 치아에서도 딱딱 소리가 났다. 어떻게든 그는 목소리를 쥐어짜서 말했다. "잘못 찾아왔어!"

아! 그 남자는 충격을 받은 듯했다. 그는 현관에서 한 걸음 뒤로 물러나며 남자 뒤쪽으로, 대문간에 옹기종기 모여드는 검은 모자 한 무리를 보았다. "잘못 찾아온 집이라고요!" 그 남자는 입속으로 중얼대며 말없이 고개를 끄덕일 수밖에 없었다. 남자가 코트 자락을 한참 더듬어서 꺼낸, 놋쇠 장정을 한 검정 공책을 허둥지둥 펼쳐 볼 즈음에 그는 다시 현관문을 닫으려던 참이었다. "셔틀워스 크레센트 20번지 아닌가요?"

"여기는 거 — 거리예요! 셔틀워스 거리 20번지! 크레센트는 저 모퉁이를 돌아가면 있는 곳이고." 그는 손을 들어 방향을 가리키려 했으나 도무지 힘을 줄 수 없었다. 잘게 떨리던 손은 아래로 떨구어졌다.

남자가 모자를 들어 답례하는 모습을 보는 둥 마는 둥, 그는 문을 꽝 닫고 거기에 기댄 채로 어스름이 깔린 홀에 우두커니 서서 훌쩍거리며 말했다. "가 버려! 가 버리라는 말이야!"

따그닥 따각 따각. 따닥! 따닥! 따그닥 따각 따각! 바깥에서 소리가 들려왔고, 이어서 희미하게 따닥! 따닥! 그러고는 마침내 고요해졌다. 다들 가 버린 것이다. 이제 그들의 모습은 보이지 않았다. 그러나 여전히 그는 문에 기대어서 텅 빈 홀을 뚫어져라 바라봤고, 가재 더듬이 형태로 꾸민 모자걸이가 뾰족뾰족 솟아 있는, 커다란 로브스터 모양의 홀스탠드를 가만히 응시했다. 하지만 그는 아무런 생각도 하지 않았다. 심지어 방금 일어난 일에 대해서도 생각하지 않았다. 그는 마치 어둠으로 벽을 이룬 어느 동굴에 빠져든 것처럼 느꼈다…….

대문이 쾅 닫히는 소리에 이어서 작은 자갈을 와작와작 밟으며 다가오는 짧고 잰걸음 소리를 들었을 때, 그는 내적으로 깊은 충격을 받으며 화들짝 정신을 차렸다. 뒷문으로 바삐 돌아오고 있는 돌리카다. 돌리카가 여기 서 있는 그를 발견해서는 안 된다. 연약한 촛불처럼 흔들리며, 그는 식당 창가 옆 본래 자리로 갔다.

돌리카는 주방에 있었다. 쿵! 화로망 안으로 둥근 철제 열판이 떨어지는 소리가 났다. 그리고 돌리카의 목소리. "찻주전자 올리고 있어요, 마님." 이 집에 주로 단둘이서만 있어 왔으므로, 돌리카는 한쪽 방에서 다른 방으로 고함을 쳐서 말하는 습관이 들었다. 노인은 떨리는 몸을 진정시키려고 기침을 했다. "등불 좀 가져와 줘." 그는 소리 질렀다.

"등불이요!" 돌리카가 복도를 가로질러 와서는 문간에 섰다. "아니, 아직 4시밖에 안 됐는데요."

"상관없어." 빈 부인이 멍한 목소리로 느릿느릿 말했다.

"가져오라고!" 그리고 한순간이 지나자 나이 든 하녀가 양

손으로 등불을 곱게 들고 나타났다. 그 여자의 넓적하고 온화한 얼굴에는, 그가 무엇이든 직접 들고 운반할 때면 짓곤 하던 표정이 드러나 있었다. 마치 몽유병에 걸린 사람처럼. 그는 탁자 위에 등불을 놓고, 심지를 낮춘 뒤, 불을 붙이고는 다시 심지를 낮추었다. 그는 몸을 일으켜서 자신의 주인을 건너다보았다.

"아니, 마님. 도대체 뭘 밟고 계시는 거예요?"

구호 단체에 보낼 조끼였다.

"쯧쯧!" 돌리카는 조끼를 집어 들며 생각했다. '이 늙은 부인은 깜박 잠에 드셨었나 봐. 아직 완전히 깨어나지 않으신 모양이야.' 정말 노부인은 멍하니 넋이 나간 듯 보였고, 뜨개질감을 건네받자 바늘코 하나를 뜯어 버리더니 지금까지 짜 온 것들을 몽땅 되풀어 버렸다.

"육두구 넣는 거 잊지 마." 그가 말했다. 목소리는 가늘고 건조하게 들렸다. 그는 그날 밤 저녁 식사로 먹을 닭고기 요리를 생각하고 있었다. 돌리카는 그 말을 알아듣고 대답했다. "아주 싱싱한 영계예요!" 다시 주방으로 돌아가기 전에, 그는 블라인드를 내렸다…….

독

우편배달이 매우 늦어졌다. 우리가 점심을 먹고 난 뒤 산책에서 돌아오고 나서도 여전히 우편은 도착하지 않았다.

"아직 안 왔어요, 부인."[47] 아네뜨가 노래하듯 읊조렸다. 그러고는 하던 요리를 마저 하러 다시 종종걸음으로 돌아갔다.

우리는 산책길에서 사 온 것들을 가지고 식당 안으로 들어갔다. 식탁 위에는 식기들이 준비되어 있었다. 언제나처럼 두 사람 분량의 식기가 차려진 식탁의 모습 — 오직 두 사람만을 위한 — 그 자체로 완벽하게 완결되어, 세 번째 사람을 위한 공간은 아예 가능하지 않음을 보여 주는 듯한 그 모습은, 내게 기묘하고 벼락같은 전율을 느끼게 했다. 마치 내가 그 하얀 천과, 밝은색 유리들과, 프리지어가 담긴 얇은 꽃병을 온통 떨게 하는 은빛 번갯불을 정통으로 맞기라도 한 것 같았다.

"그 늙은 집배원은 도대체! 무슨 큰일이라도 났는지?" 비

47 Pas encore, Madame. 원문이 프랑스어로 쓰인 부분은 이후 고딕체로 표기하였다.

어트리스가 말했다. "그거 내려놔요, 자기야."

"어디에 내려놓으면 좋을지?"

그는 고개를 들고 가장 달콤하고 장난스러운 미소를 지었다.

"아무 데나 — 바보 같긴."

하지만 나는 그녀에게 '아무 데나 좋은' 곳이란 없다는 사실을 너무도 잘 알았고, 그래서 그녀의 절묘한 질서 감각에 또다시 충격을 주는 위험을 감수하기보다, 차라리 그 땅딸막한 리큐어 병과 달콤한 주전부리들을 몇 달 동안이라도, 몇 년 동안이라도 들고 서 있을 참이었다.

"여기 — 내가 할게." 그녀는 내게 물건들을 받아서 탁자 위에 자신의 긴 장갑, 무화과 바구니와 함께 아무렇게나 툭툭 배치했다. "「점심 식탁」이라는 제목의 단편 소설, 지은이는 — 그리고 —." 그녀는 내 팔짱을 꼈다. "테라스로 나가자." 나는 그녀 몸이 떨리고 있음을 느꼈다. "냄새가 나서." 그녀는 희미하게 말했다. "요리하는 냄새……."

나는 최근에 깨달았는데 — 우리는 요새 두 달간 남부 지방에서 지내고 있었다. — 그녀는 음식이나 혹은 날씨나 혹은 장난스럽게 나를 사랑한다는 이야기를 하고 싶을 때면, 언제나 프랑스어를 쓰는 습관이 있었다.

우리는 차양 아래 테라스 난간에 걸터앉았다. 비어트리스는 시선을 아래로 내리깐 채 몸을 기울였다. — 꼿꼿한 선인장 가지들이 삼엄하게 보초를 서고 있는 하얀 길 위까지 내려다보았다. 그녀의 귀가 어찌나 아름다운지. 그저 귀만 따로 떼어 놓고 보더라도 너무도 경이롭게 조화를 이루었다. 나는 그것을 한없이 바라보다가 문득 몸을 돌릴 때에야 겨우 우리 아래쪽에서 반짝이는 바다의 저 모든 파도들을 향해 더듬더듬 외칠 수 있을 정도였다. "저 말입니다, 그의 귀는 정말 대단해요! 이 사람은 세상에서 가장 아름다운 귀를 가지고 있답니다……."라고.

그녀는 하얀색 옷을 입고, 목덜미 주변에는 진주를 두르고 허리띠 안으로 은방울꽃을 꽂아 넣은 차림이었다. 왼손 세 번째 손가락에는 진주 반지를 꼈다. — 결혼반지는 없다.

"왜 내가 그래야 하지, 사랑하는 자기? 뭐하러 우리가 다른 모습으로 가장해야 해? 도대체 누가 신경 쓴다고?"

그리고 물론 나는 그녀 말에 동의했지만, 그럼에도 마음 깊숙한 곳에서 은밀하게 떠오르는 심정은 달랐다. 나는 커다랗고, 그래, 정말 거대하고 화려한 교회 안에서, 그 안을 가득 메운 하객들과, 나이 든 교구 목사들과, 에덴동산에 첫 생명의 숨결을 불어 넣었던 신의 목소리와, 종려나무와 향냄새가 온통 가득한 그곳에서, 밖으로 나가면 우리 행진을 위한 붉은 카펫과 색종이 가루가 대기하고, 어딘가에는 우리의 결혼 케이크와 샴페인과 신혼 마차 뒤로 내던질 새틴 구두도 준비되어 있으리라는 것까지 전부 아는 상태에서 그녀 옆자리에 나란히 설 수만 있다면 내 영혼이라도 바치고 싶은 심정이었다. — 내가 그녀 손가락에 우리 결혼반지를 끼워 줄 수만 있었다면.

내가 그처럼 끔찍한 겉치레를 딱히 좋아해서가 아니라, 그렇게 한다면 아마 지금 내가 느끼는 이 유령처럼 공허한 감각, 절대적인 자유 상태가 가져오는 허무함을 조금 덜어 낼 수 있지 않을까 생각했기 때문이다. 물론, 내가 아니라 그 여자의 절대적 자유를 얘기하는 거지.

오, 세상에! 행복이란 얼마나 달콤한 고문인지 — 이 얼마나 큰 고통인가! 나는 별장 건물을 올려다봤다. 우리 방의 창문은 녹색의 긴 잎으로 이루어진 차양 뒤에 절묘하게 가려져 있다. 그녀가 녹색 빛을 젖히고 나와서 오직 내게만 보여 주는 비밀스러운 미소, 나른하고 밝게 빛나는 이런 미소를 지으면서 나를 바라봐 준다는 것이 진정 가능한 일인가? 그녀는 내 목 주위로 팔을 둘렀다. 다른 손으로는 부드럽게, 그리고 아찔하게, 내 머리카락을 쓰다듬었다.

"당신은 누구세요?" 이처럼 매혹적인 그는 대체 누구지? 그는 — 여자다.

처음으로 날씨가 풀려서 따스하게 느껴지던 저녁 봄밤, 라일락 향기가 가득한 공기 중으로 진주알처럼 비쳐 드는 부연 빛과 신선한 꽃들이 피어나는 정원에서 부드럽게 중얼대는 목소리들이 오갈 때, 그녀는 망사 커튼을 드리운 높은 건물에서 노래를 불렀다. 달빛을 받으며 외국 도시를 질주해 가는 와중에도, 차창을 스쳐 가는 황금빛 전율과 함께 어둡게 떨어져 내리는 그림자는 바로 그녀 것이었다. 등불을 환히 밝히면, 바로 집 앞을 스쳐 지나가는 것만 같은 그녀 발걸음 소리가 새록새록 생생하게도 다시 떠올랐다. 그리고 자동차가 쌩하니 눈앞을 지나갈 때마다, 모피를 두른 창백한 얼굴의 그녀가 나타나서 가을의 황혼을 응시하곤 했다…….

사실, 간단히 말하자면, 당시 나는 스물네 살이었다. 그리고 그녀가 등을 대고 드러누워서 턱 아래로 진주를 늘어뜨린 채 한숨을 쉬듯 "나 목이 마르네, 자기야. 오렌지 하나만 갖다줄래."라고 말한다면, 나는 정말 기쁜 마음으로 기꺼이, 그 오렌지 하나를 구하기 위해서 악어의 아가리 속으로라도 뛰어들었을 것이다. 만약 악어가 오렌지를 먹는다면 말이다.

"작은 날개 두 쪽이 내게 있었다면
깃털 보송한 작은 새 한 마리였다면……."

비어트리스가 노래했다.

나는 그녀 손을 꼭 붙잡았다. "당신은 날아가 버리지 않을 거지?"

"멀리는 안 갈게. 우리 집 앞길 이상으로는 안 갈 거야."

"왜 거기까지?"

그녀는 연극 대사를 읊듯 말했다. "그 남자가 오지 않으니까, 그 여자가 말했다……."

"누구? 그 얼간이 집배원? 하지만 자기는 지금 기다리는 편지도 없잖아."

"없지, 하지만 그래도 화가 나는 건 마찬가지야. 아!"

갑자기 그녀는 웃음을 터뜨리며 내게 몸을 기대어 왔다. "저기 있네, — 봐 봐, — 꼭 파란 딱정벌레 같아."

그리고 우리는 뺨과 뺨을 맞댄 채로 그 파란 딱정벌레가 계단을 기어 올라오는 모습을 지켜봤다.

"내가 가장 사랑하는 자기." 비어트리스가 작고 달콤하게 속삭였다. 그 단어가 허공에 남아 맴돌며, 바이올린의 음색처럼 대기를 진동하게 하는 것 같았다.

"왜 그래?"

"모르겠어." 그는 연약하게 웃었다. "파도처럼 — 애정이 파도처럼 갑자기 밀려오는, 그런 건가 봐."

나는 그 주위로 팔을 둘러 그녀를 끌어안았다. "그러면 어디론가 날아가지 않을 거야?"

그러자 그녀는 재빠르고 부드럽게 말했다. "아니! 아니야! 이 세상을 다 준대도 안 가. 정말 아니야. 난 여기가 좋아. 여기서 지내는 하루하루가 무척이나 맘에 들어. 나는 몇 년이고 여기 있을 수 있을 거야, 분명히. 내가 최근 두 달만큼 행복했던 적은 한 번도 없었어. 그리고 자기는 정말 나한테 완벽하게 잘해 줬잖아, 내 사랑, 모든 측면에서 말이야."

정말 감동적인 순간이었다. — 그녀가 이런 얘기를 한다는 게 정말 특별하고, 전례 없는 일이었기에 나는 너무 마음이 벅차올라서 오히려 가볍게 웃어넘기려고 애를 써야 했다.

"그러지 마! 그러니까 꼭 작별 인사를 하는 사람 같잖아."

"아, 말도 안 돼. 그럴 리가. 그런 말은 장난으로라도 하면 안 되지!" 그녀는 나의 하얀 재킷 아래로 작은 손을 밀어 넣고 내 어깨를 감싸 쥐었다. "당신도 그동안 행복했지, 안 그래?"

"행복? 행복했냐고? 오, 하나님 — 내가 지금 느끼는 이 감정을 당신이 알아준다면……. 행복했지! 나의 경이! 나의 기쁨이 곧 당신인데!" 나는 난간에서 훌쩍 내려와 그녀를 끌어안고, 내 팔로 번쩍 들어 올렸다. 나는 여자를 꼭 안아서 허공 높이 올리고는 그 가슴에 얼굴을 묻은 채로 중얼거렸다. "자기는 내 사람이지?" 그리고 내가 그녀를 알고 지낸 이래 느꼈던 모든 절망의 나날 중 처음으로, 심지어 최근 한 달까지도 포함하여 — 당연히, 하나님 맙소사! — 그녀가 이렇게 대답했을 때 나는 그 말이 진심이라고 절대적으로 믿었다.

"그래, 난 자기 거야."

대문이 삐걱대며 열렸다. 정원 자갈을 밟으며 들어오는 집배원의 발소리가 우리를 서로 떼어 놓았다. 잠시 황홀함에

현기증이 일었다. 나는 그저 미소를 지으며 그 자리에 우두커니, 사실 좀 멍청하게 서 있었던 것 같다. 비어트리스가 등나무 의자 쪽으로 걸어갔다.

"자기는 얼른 가 봐, — 가서 편지 온 거 있는지 봐." 그녀가 말했다.

나는, 그러니까, 거의 낚싯줄을 던지듯 쏜살같이 뛰어갔다. 하지만 그럼에도 늦었다. 아네트가 달려와서 집배원을 맞이한 것이다. "편지 없어요." 그 여자가 말했다.

신문을 건넸을 때 내 얼굴에 떠 있던 헤벌쭉한 미소가 아네트를 놀라게 한 모양이었다. 나는 기쁨으로 제정신이 아니었다. 나는 신문을 치켜들고 크게 노래하듯 외쳤다.

"편지 온 거 없대, 여보!" 나는 내가 사랑하는 여자가 긴 의자에 나른하게 드러누워 있는 곳으로 다가갔다.

잠시 동안 그녀는 아무런 대답도 없었다. 그러고 나서 그녀는 신문 포장지를 찢어 뜯으며 천천히 말했다. "세상이 잊어버린 것들도 잊히는 세상이야."

담배 한 개비가, 어떤 순간을 무사히 견뎌 내도록 도와주는 유일한 수단일 때가 있다. 심지어 공모자 수준을 넘어서서, 일어난 사건에 대해 모든 것을 알며 이를 절대적으로 이해해 주는 은밀하고 완벽한 작은 친구가 되는 것이다. 당신은 문득 손에 쥔 담배를 내려다본다. — 미소를 짓거나 혹은 찡그리면서, 그때 상황에 따라. 연기를 깊게 들이마시고, 느릿하게 돌아가는 환풍기의 호흡처럼 그것을 내보낸다. 바로 지금이 그러한 순간들 중 하나였다. 나는 목련나무 쪽으로 다가가서 실컷 담배를 피워 댔다. 그러고는 다시 돌아와서 여자의 어깨 쪽으로 몸을 기울였다. 그런데 그녀는 재빨리 신문을 돌 위로 던져 버렸다.

"아무것도 볼 게 없네." 그녀가 말했다. "아무것도 없어. 무슨 독살 사건으로 일어난 재판 소식밖에는. 이 남자가 자기 아내를 죽였는지 죽이지 않았는지 알고 싶어서, 2만 명의 사람들이 매일같이 법정에 들어가 앉아 있고, 모든 소송 절차가 진행될 때마다 무려 200만 개 단어들이 전 세계로 퍼져 나가며 야단법석을 떨고 있군."

"바보 같은 세상이지!" 다른 쪽 의자에 풀썩 쓰러지듯 앉으며 내가 말했다. 나는 신문 따위는 잊어버리고, 집배원이 찾아오기 전의 순간으로 다시 돌아가고 싶었다. 물론, 조심스럽게. 하지만 그녀가 시큰둥하게 대답하는 목소리에서 나는 이제 그런 순간은 끝나 버렸음을 알았다. 상관없다. 나는 만족스럽게 기다릴 수 있었다. — 필요하다면, 오백 년이라도 — 이제 나는 그녀의 진심을 알았으니까.

"별로 바보 같진 않은데." 비어트리스가 말했다. "어쨌든 2만 명이나 되는 사람들이 몰려든다는 건, 단지 병적인 호기심 때문만은 아니겠지."

"그럼 뭐야, 여보?" 뭐가 됐든 내가 진지하게 신경 쓰지 않는다는 사실을 하늘도 이미 알고 있을 터였다.

"죄책감!" 그녀가 외쳤다. "죄책감이지! 그걸 깨닫지 못했어? 어딘가 아픈 사람들이 어떤 구실에든 절박하게 매달리는 것처럼, 그들은 이 사건에 완전히 매료된 거야. 그 어떤 새로운 소식 하나라 할지라도 실제 그들의 상황과 관련이 있는 내용일걸. 피고석에 선 남자는 충분히 결백할지 몰라도, 법정 방청석에 앉아 있는 사람들 거의 대부분은 아마 독살자일 거야. 자긴 그런 생각을 해 본 적 없어?" — 그녀는 흥분한 나머지 창백해졌다. —"지금도 현실에서 일어나는 독살이 얼마나 많을지? 서로 독살하지 않는 기혼 부부를 찾는 건 꽤 이례적인 일일걸. — 기혼 부부와 애인들까지 포함해서. 아." 그녀가 큰 소리로 말했다. "독이 묻어 얼룩이 진 찻잔, 와인 잔, 커피 잔들의 개수를 생각해 봐. 내가 알면서 혹은 모르면서 마셨던, 혹은 위험을 감수했던 그 잔들이 얼마나 많을지. 하지만 현실에서 그렇게 많은 커플들이……." 그녀는 웃음을 터뜨렸다. "죽지 않고 살아남는 이유는, 한쪽이 다른 쪽에게 치사량의 독을 주기를 두려워하기 때문이지. 그만큼 독을 많이 타려면 배짱이 있어야 하니까! 하지만 이르든 늦든 언젠가 그런 순간은 닥치기 마련이야. 맨 처음 소량의 독을 시작하고 나면, 그때부터는 돌이킬 수 없게 되지. 끝의 시작인 셈이야, 정말. 자기는 그렇게 생각하지 않아? 내 말이 무슨 의미인지 모르겠어?"

그 여자는 내 대답을 기다리지 않았다. 그녀는 허리춤에 꽂았던 은방울꽃을 뽑아서 눈가를 덮은 다음 뒤로 누웠다.

"내 남편들은 둘 다 나에게 독을 먹였어." 비어트리스가 말했다. "내 첫 남편은 거의 결혼하자마자 즉시, 어마어마한 양을 한꺼번에 퍼 주었고. 그런데 두 번째 남편은 정말 그 방면으로 나름 예술가였어. 아주 적은 한 줌씩, 교묘하게 위장해서, 수시로 내게 독을 먹이곤 했지. 아, 정말 기막히도록 영리하게! 그러다 어느 날 아침 내가 잠에서 깼는데 내 몸의 모든 조각조각, 손가락 끝에서 발가락 끝까지, 미세한 알갱이가 하나씩 박혀 있는 거야. 내가 간신히 제때를 맞힌 거지, 하마터면……."

나는 그녀가 자기 남편들을 그토록 태연하게 언급하는 것을 듣기가 싫었다. 특히나 오늘 같은 날에. 그건 상처가 되는 일이었다. 나는 입을 열어 말하려고 했지만, 갑자기 그 여자가 비통하게 외쳤다.

"도대체 왜! 왜 내게 그런 일이 일어나야 했던 거지? 내가 뭘 잘못했다고? 나는 왜 일생 동안 철저히 배제당해 왔던 걸까……. 이건 부당한 음모야."

나는 그녀에게 이 끔찍한 세상에 어울리지 않을 만큼 당신이 너무 완벽한 사람이라서 그렇다고, 말하려고 했다. 너무나 우아하고, 너무나 아름답기에. 당신이라는 존재가 사람들을 겁먹게 했던 것이다. 나는 시시한 농담을 했다.

"그렇지만 나는 — 나는 자기를 독살하려고 한 적 없잖아."

비어트리스는 괴상한 소리를 내며 작게 웃더니 은방울꽃 줄기 끝을 물어뜯었다.

"당신이!" 그가 말했다. "당신은 파리 한 마리도 못 죽일 걸."

이상한 기분이 들었다. 묘하게도, 그 말이 내 마음에 상처를 냈다. 굉장히 끔찍한 상처를.

바로 그때 아네트가 식전주를 들고 바삐 달려왔다. 비어트리스는 몸을 앞으로 굽히고 쟁반 위에 놓인 유리잔을 하나 들어서 내게 건넸다. 나는 내가 '진주 손가락'이라 부르는, 그녀 손가락에 껴진 진주 반지의 광채를 새삼 인식했다. 그녀 말에 내가 어떻게 상처를 받을 수 있었던 걸까?

"그리고 자기도." 나는 유리잔을 받으며 말했다. "자기도 누구든 독살하지 않았지."

그 말이 문득 나로 하여금 어떤 생각이 들게 했다. 나는 그 생각을 설명해 보려고 애썼다.

“자기는 — 자기는 그것과 정확히 반대되는 일을 해. 자기 같은 사람을 뭐라고 불러야 좋을까, 그러니까, 사람들을 독살하는 대신에, 온전히 채워 주는 거지. 모든 사람들을, 집배원이나 우리를 태워다 주는 기사나 뱃사공이나, 꽃 가게 주인이나 나까지도 — 새로운 삶으로, 자기만의 고유한 빛 같은 것으로, 자기 아름다움이나 자기의…….”

그녀는 꿈꾸는 표정으로 미소를 지었다. 달콤하게 몽환적인 얼굴로 그녀가 나를 바라봤다.

“무슨 생각하고 있어, 사랑하는 여보?”

“그냥 궁금해서.” 그녀가 말했다. “점심 식사 후에, 혹시 자기가 우체국까지 가서 오후 우편물이 뭐 없는지 물어봐 줄 수 있는지. 그렇게 해 줄래요, 사랑하는 자기야? 딱히 기다리는 편지가 있어서는 아닌데 — 그렇지만 — 그냥 내 생각에, 아마도 — 만약 편지가 도착해 있는데, 당장 그걸 볼 수 없다면 너무 바보 같은 일이잖아? 안 그래? 내일까지 기다려야 한다는 게 너무 바보 같아.” 그 여자는 손가락으로 유리잔의 가느다란 기둥을 옭아매며 비비 꼬았다. 그녀의 아름다운 머리가 살짝 수그러진 채였다. 하지만 나는 유리잔을 들어 올려서 와인을 마셨다. 한 모금씩 홀짝대며 쭉 들이켰다고 해야 할 것이다. — 천천히 한 모금씩, 신중하게, 그 어두운 빛깔의 머리를 바라보며 나는 여러 가지를 한꺼번에 생각했다. 집배원들과 푸른 딱정벌레들과 작별이 아니었던 작별들과…….

하나님 맙소사! 혹시 내 상상이었을까? 아니, 상상이 아니었다. 그 음료에서는 분명히 싸늘하고, 씁쓸하고, 기묘한 맛이 났다.

옮긴이
박소현

성균관대학교에서 프랑스어문학과 영어영문학을 전공했고,
서울대학교 대학원 영어영문학과에서 영미 시를 공부했다.
현재 전문 통역사 및 번역가로 활동 중이다. 옮긴 책으로 스티븐
그린블랫의 『세계를 향한 의지』, 엘리자베스 길버트의 『빅매직』,
나오미 앨더만의 『불복종』, 익명인의 『산소 도둑의 일기』, 조지프
버고의 『수치심』 등이 있다.

뭔가 유치하지만
매우 자연스러운

1판 1쇄 찍음 2020년 8월 7일
1판 1쇄 펴냄 2020년 8월 14일

지은이 캐서린 맨스필드
옮긴이 박소현
발행인 박근섭, 박상준
펴낸곳 (주)민음사

출판등록 1966. 5. 19. 제16-490호
서울특별시 강남구 도산대로1길 62(신사동)
강남출판문화센터 5층 06027
대표전화 02-515-2000 팩시밀리 02-515-2007
www.minumsa.com

ISBN 978 89 374 2968 2 04800
ISBN 978 89 374 2900 2 (세트)

* 잘못 만들어진 책은 구입처에서 교환해 드립니다.

쏜살

자기만의 방 버지니아 울프 | 이미애 옮김
엄마는 페미니스트 치마만다 응고지 아디치에 | 황가한 옮김
마르그리트 뒤라스의 글 마르그리트 뒤라스 | 윤진 옮김
사건 아니 에르노 | 윤석헌 옮김
여름의 책 토베 얀손 | 안미란 옮김
두 손 가벼운 여행 토베 얀손 | 안미란 옮김
이별의 김포공항 박완서
해방촌 가는 길 강신재
소금 강경애 | 심진경 엮고 옮김
런던 거리 헤매기 버지니아 울프 | 이미애 옮김
지난날의 스케치 버지니아 울프 | 이미애 옮김
물질적 삶 마르그리트 뒤라스 | 윤진 옮김
뭔가 유치하지만 매우 자연스러운 캐서린 맨스필드 | 박소현 옮김
엄마 실격 샬럿 퍼킨스 길먼 | 이은숙 옮김
제복의 소녀 크리스타 빈슬로 | 박광자 옮김
가는 구름 히구치 이치요 | 강정원 옮김
꽃 속에 잠겨 히구치 이치요 | 강정원 옮김
배반의 보랏빛 히구치 이치요 | 강정원 옮김
세 가지 인생(근간) 거트루드 스타인 | 이은숙 옮김